Flatland
平面国

多维空间传奇

A Romance of
Many Dimensions

EDWIN A. ABBOTT

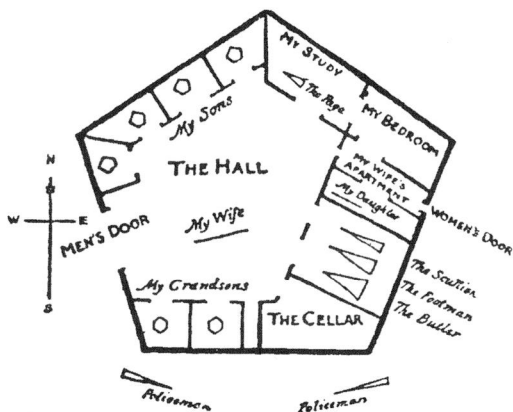

上海译文出版社 ［英］埃德温·A.艾勃特 著　赖以威 译

白天与黑夜，这真是太稀奇了！
那就当它是个稀客来欢迎吧。①

平面国

多维空间传奇

正方形　文/绘

呸，呸，我在说什么疯话！①

---

① 出自莎士比亚的《泰特斯·安德洛尼克斯》第三幕，第二场。

献给

所有空间中的居民

特别是 H. C. ①

题献者为一位谦卑的平面国居民

尽管他先前只熟悉二维空间

但他由衷地希望

就像他开始了解三维空间的奥秘一样

天域的子民可以有更高更远的追求

去探索四维、五维甚至六维空间

以此来拓展想象力

并促进谦逊

这一最罕见、最卓越的天赋

在更高级的物种立体人之间发扬光大

---

① 指霍华德·坎德勒（Howard Candler，? —1916），作者的终身挚友。

目 录

序 言

    如果我那位可怜的平面国朋友仍保有他当初撰写回忆录时的精神活力，我现在就不必代表他撰写这篇序言了。

    首先，他想在此对空间国的读者和评论家表示感谢，正是他们的欣赏促成了本书出人意料地快速再版。其次，他对书中一些谬误及印刷错误表示歉意（尽管他无须为此负全责）。最后，他想针对一两个误解做出解释。他早已不是当年那个正方形了。多年的监禁，普遍的不信任和嘲讽带来的沉重负担，加上自然的衰老，让他忘却了过去的许多思想和观念，忘却了他在空间国短暂停留期间学到的那些术语。因此，他请求我代他对读者提出的两个异议做出回应，其中一个是知识方面的，另一个是道德方面的。

    第一个异议是：既然平面国居民可以看见一条线，那么这条线对他的眼睛来说不仅必须足够长，而且必须足够厚（如果没有厚度就无法被看见）。因此，作者应该（他们是这么主张的）承认，他的平面国同胞不仅有长与宽，而且有厚或高（尽管毫无疑问非常微小）。这个异议听上去合情合理，对空间国居民来说几乎是不容反驳的。也因此，在第一次听到它时，我不知道该怎么回答。但在我看来，我那位可怜的老友的回答完全符合要求。

"我承认，"当我转述这个异议时他说，"评论家说的确为事实，但我否定他的结论。的确，平面国里存在一个不为人知的第三维度，叫'高度'，就好比你们空间国也存在一个不为人知的第四维度，目前还没有名字，但我管它叫'超高度'。我们注意不到'高度'，就跟你们注意不到'超高度'一样。就算是我——曾经到过空间国，并有幸在二十四小时内搞懂了'高度'的含义——现在也无法理解'高度'，无法借视觉或任何推理感知它。我只能凭信念相信它的存在。

"原因很简单。维度意味着方向，意味着测量，意味着多少。而现在，我们所有的线的厚度（或高度，随便你怎么称呼）都一样，并且都无穷小；因此，没有任何东西可以引导我们去设想这个维度的存在。空间国有位性急的评论家建议我们利用工具，但再'精密的测微计'也无济于事，因为我们不知道该测量什么，也不知道该往哪个方向测量。当我们看见一条线时，我们看见的是一个既有长度又发出光亮的东西。亮度跟长度一样，是一条线存在的必要条件。如果亮度消失，那么线就不复存在。因此，每当我对我的平面国朋友聊起一条线里存在某种程度上可见但不为人知的维度时，他们所有人的反应都是：'啊，你指的是亮度吧。'我回答：'不，我指的是一个真正的维度。'接着，他们会立刻反驳：'那量给我看呀，或者告诉我们它朝哪个方向延展。'这让我无话可说，因为他们要求的这两点我都做不到。就在昨天，当圆形首领（我们的大祭司）视察国家监狱，对我进行第七次年度探访并第七次问我'有没有好一点'时，我试图向他证明，他除了宽度跟长度之外还有高度，尽管他自己并不知道。但你知道他是怎么回答的吗？他说：'你说我有高度，那量出我的高度，这样我就相信你。'我能怎么办？我怎么才能完成他对我提出的挑战？我被击垮了，而他则得意洋洋地离开了牢房。

"你还是觉得这很奇怪吗？那么，请你设身处地地想一想。假设某位四维空间的居民屈尊拜访你，并对你说：'每当你睁开眼睛，你看到一个平面（二维的），然后你推测出一个立体（三维的），但事实上你也看到了一个第四维。它既不是颜色也不是亮度，完全不是那类东西，而是一个真正的维度，尽管我无法向你指出它的方向，你也无法测量它的大小。'你会怎么回答这位访客呢？难道你不会把他扔

3

进监狱里吗？你看，这就是我的命运：我们平面国理所当然会把一个宣扬三维空间的正方形关起来，就像你们空间国会把一个宣扬第四维的立方体关起来一样。哎呀，无知和迫害他人，这种卑劣的人性在所有维度上都如此一脉相承！不管是点、线、正方形、立方体，还是超立方体，我们都会犯相同的错误，都一样是各自维度偏见的奴隶，正如你们空间国的诗人所言：'世人有一个共同的天性。①'"*

至此，正方形对第一个异议的辩解在我看来无懈可击。我希望我也可以说，他对第二个（或者说道德层面上的）异议的辩解同样清晰有力，但事与愿违。他们认为作者歧视女性，因而反对他。他们的反对意见也得到了空间国女性的强烈响应。在自然的规定下，空间国女性比男性在数量上稍占优势，因此我希望在不说谎的前提下帮我的朋友洗脱污名。但正方形用不惯空间国的道德术语，如果我原样转述他对这一指控的辩护，恐怕对他不太公平。作为代他解释和总结的人，我获知经过了七年的牢狱生活，他已经改变自己对女性及等腰三角形或社会底层阶级的态度。就他个人而言，他现在倾向于认同球体的看法，即直线在

---

① 出自莎士比亚的《特洛伊罗斯与克瑞西达》第三幕，第三场。
* 作者要求我稍作补充说明，他是基于诸多评论家的误解才在新版中加入了他与球体的对话。先前之所以省略掉，是因为他觉得这些对话既冗长又不必要。

许多重要方面优于圆形。但当他以历史学家的身份进行书写时，他（或许有点过度地）采纳了平面国甚至（有人告诉他）空间国历史学家的主流看法，即认为女性和底层民众的命运不值得放进史书里讨论和思考。

他想通过一段更为隐晦的文字来否认某些评论家加在他身上的圆形或贵族倾向。公正地说，少数圆形确实世代保持了对广大民众智力上的绝对优势。但他同时也相信，平面国的现实情况足以表明革命不可能永远通过屠杀来镇压，以及自然在判处圆形不育的同时也宣判了他们最终的失败。这一点不言而喻，无须他多做评论。

"于此，"他说，"我看到那个适用于所有世界的伟大法则得到了应验：当人类以为他们靠自己的智慧在做一件事的时候，自然的智慧则会限制他们的智慧去做另一件事，而且是完全不同的好得多的事。"

至于其他，他恳请读者不要认为平面国日常生活中的每一个细节都在影射空间国的其他一些细节。然而，他希望他的作品整体上能让那些思想温和谦逊的空间国居民既受启发又觉有趣。这些人在谈到那些至关重要但又超出自身经验的事情时，一方面拒绝表示"这绝不可能"，另一方面也不会说"绝对是这样的，我对此一清二楚"。

第一部分　这个世界

不要懊恼，这是一个广大的世界。①

一 平面国的性质

各位快乐的读者，生活在"空间"里的幸运儿，为了便于你们理解，我把我们的世界称为"平面国"。事实上，我们并不这样称呼我们的世界。

请想象一张巨大的纸，上面有直线、正方形、五边形、六边形以及其他图形。这些图形并非固定于某处，而是能自由移动，在纸的表面上或表面中移动，既没有力量升到表面之上，也没有力量沉到表面之下，如同影子一般——只不过不是虚的，且边缘发光。我想我这么描述，你们应该对我的国家以及我的同胞有了基本的了解吧。唉，要是放到几年前，我会称我的国家为"我的宇宙"，然而如今我的思维被打开，对事物有了更高的认识。

身处这样一个国家，你们会立刻意识到，这里不可能存在任何你们称之为"立体"的东西。但我敢说，你们会认为我们至少可以靠视觉分辨出三角形、正方形以及其他图形，以我方才描述的方式自由移动。你们错了。我们什么都看不见，更别说通过视觉去分辨不同的图形了。除了直线以外，我们看不见也不可能看见其他任何东西。至于为什么会这样，我这就快速演示给你们看。

请将一枚硬币放在你们空间里的一张桌子上，然后身体前倾，由上往下看，此时硬币呈一个圆形。

接下来，身体退回到桌子边缘，逐渐降低视线（从而使自己越来越接近平面国居民的视角），你们会发现眼前这枚硬币变得越来越椭圆；最终，当视线与桌面边缘齐平时（你们实际上已经成了平面国居民），硬币看起来不再是椭圆形，而是如你们所见成了一条直线。

若各位以同样的方法去看三角形、正方形或其他任何从硬纸板上裁下来的图形，结果也一样。只要视线与桌面边缘齐平，各位就会发现原本的图形看上去不再是图形，而是成了直线。以等边三角形为例，他在我们这里代表的是受人尊敬的商人。图（1）呈现的是当你从上面俯视商人时商人的模样；图（2）跟图（3）呈现的是当你的视线接近与桌面齐平，或基本与桌面齐平时商人的模样；如果你的视线与桌面完全齐平（也就是我们平面国居民的视角），你就只会看到一条直线。

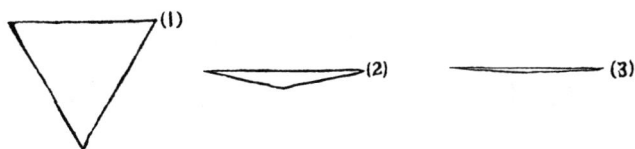

我在空间国时，曾经听说你们的水手也有非常类似的经历。那就是当他们在海上航行，辨认位于远处地平线上的岛屿或海岸的时候。那些遥远的陆地可能有海湾、海岬，以及数量不一、程度各异的凸出和凹进。但远处的水手看不见这些（除非阳光很强，光影的对比使那些凸出和凹进显露出来），他们看到的只是水面上一条连续不断的灰色的线。

这就是当平面国的一个三角形或其他熟人向我们走来时我们眼中的景象。我们这里既没有太阳，也没有可以产生阴影的光，因此我们不像空间国的你们那样，有任何视觉上的辅助。倘若我们的朋友离我们越来越近，我们看见他的线越变越长；倘若他远离我们，那条线则越变越短。无论他是三角形、正方形、五边形、六边形、圆形，或者其他任何你能说得上来的图形，在我们眼中他都只能是直线而非其他。

各位可能会问，在这种不利的情况下，我们如何把我们的朋友区分开呢？你们会有这样的疑问，这很自然。但我只有在介绍完平面国的居民之后，才能更准确、更方便地回答这个问题。现在，让我们暂且把这个话题放一放，先来谈谈我们国家的气候和房屋。

二　平面国的气候和房屋

和你们空间国一样，罗盘上东西南北四个方位我们一个也不少。

这儿没有太阳或其他天体，所以通常用来判断北方的办法在我们这里不管用，但我们有自己的一套方法。自然规律导致平面国始终存在一股向南的引力。不过，在温和的气候下，这股力量非常微弱。就算是女性，只要身体够健康，也能不费力气地往北走上几个弗隆①。这种引力虽然有点妨碍行动，但足以在平面国大部分地区充当罗盘。除此之外，从北方定期而来的雨水，也能帮助我们判断方位。在城镇，我们能靠房屋分辨方位，因为房屋的侧墙大部分是南北走向的，这样屋顶才能挡住北方来的雨水。在没有房屋的乡间，树干可以为我们提供某种指引。总的来说，在平面国确定自己的方位，并不像你们以为的那么难。

然而，在我们气候更加温和的地区，几乎感受不到向南的引力。有时，走到一片既没有房屋也没有树木的荒原上，我不得不在原地待上几个小时，直到天下雨才能继续赶路。对于年老体弱者，尤其是娇弱的女性来说，他们所感受到的向南的引力，比强壮的男性感受到的强烈得多。因此，路上碰到一位女士迎面走来时，将道路的北侧让给对方才是有教养的表现。可总是第一时间给女性让路，这并不容易做到，特别是当你身强力壮又处于一个难辨南北的气候环境中时。

我们的房屋没有窗户，因为不论室内户外，黑夜白昼，何时何地，光线对我们来说都是一样的。过去，那些有学问的人对于光线源自何处相当好奇，他们前仆后继地投入研究，尝试找出正确答案，但结果只是把疯人院给塞满了。立法机构曾经试图用征收重税的方法进行间接压制，奈何效果不彰，所以最后索性规定严禁光源研究。唉，身为平面国里唯一了解这个神秘问题真相的人，我知道的东西却无法被任何一个同胞理解。不仅如此，我反而成了被嘲笑的对象！我是唯一清楚空间真相和有关光来自三维世界之理论的人，却被视为疯子中的疯子！但这些令人痛苦的题外话还是就此打住，让我们接着回到房屋的话题吧。

---

① furlong，英制长度单位，1 弗隆约合 201 米。

最常见的房屋是五边形的，如随附图片所示。北边的两条边 RO、OF 构成屋顶，通常屋顶不会有门。东边有女性专用的小门，西边有供男性进出的大门。南边，或者说房屋的地面，通常也没有门。

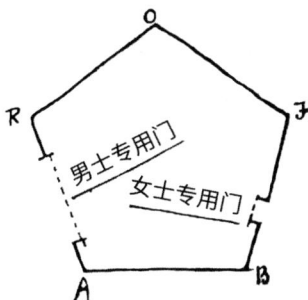

平面国不允许建正方形和三角形的房子。和五边形相比，正方形的角太过尖锐（更不用说等边三角形的了），且构成无生命物体（比如房子）的线比构成男男女女的线更暗淡。这样一来，倘若某个粗心大意或心不在焉的旅行者突然撞上正方形或三角形房子的角，受伤的风险可是很大的。因此，早在十一世纪，平面国就颁布相关法令，规定除防御工事、军火库、兵营及其他政府建筑这些公众不宜贸然接近的地方之外，全面禁止修建三角形的房屋。

彼时，当局仍然允许民间修建正方形的房屋，仅依赖征收特殊的税费作为限制。又过了三个世纪，出于公共安全的考虑，法律规定凡是人口过万的城镇，其房屋必须至少有五个角。对此，公众展示了良好的判断力，全力支持这项新规。如今，就算在乡村地区，五边形的房屋也已取代所有其他形状的房屋。只有在一些非常偏远落后的农业区，文物工作者才能找到一个正方形的房子。

三 平面国的居民

一个成年的平面国居民，最长或最宽可以长到你们的十一英寸左右，长到十二英寸已经是极限了。

我们的女性都是直线。

我们的士兵和最底层的体力劳动者是两条边等长的三角形，等边约十一英寸，底边或第三条边则短得多（通常不超过半英寸）。这让他们拥有非常锐利、叫人害怕的顶角。事实上，如果他们的底边特别短（不超过八分之一英寸），那就很难把他们跟直线或女性区分开来；他们的顶角也会极端尖锐。和你们一样，我们也把这类三角形称为等腰三角形，以区别于其他三角形。下面我就用这个称谓来指代他们。

我们的中产阶级由等边三角形组成。

我们的专业人士和士绅阶层（我即隶属此阶层）是正方形和五边形。

在这些之上的是有不同等级之分的贵族。从最低等级的六边形开始，边数越多，身份也就越高，直到被授予"多边形"的荣誉头衔。最后，当边数变得如此之多，边本身变得如此之短，以至于形状接近于圆形时，这个图形就被归入圆形阶级或祭司阶级。这一阶级是地位最高的阶级。

　　我们的自然规律让所有男孩都比他的父亲多一条边，如此一来，每一代的阶级地位都将提高一点：正方形的儿子是五边形，五边形的儿子是六边形，以此类推。

　　然而，这条规律并不总适用于商人，更不适用于士兵和体力劳动者。后者每一条边的长度都不相等，几乎不配被称为"人"。上述每个新生代多一条边的自然规律并不适用于底层阶级，等腰三角形的儿子依然是等腰三角形。不过，就算对等腰三角形来说，也并非全无阶级跃升的希望，他们的后代仍有可能最终摆脱低人一等的处境。好比打了许多胜仗的士兵，或者勤奋又有天赋的工匠这些比较聪明的等腰三角形，他们的底边会稍微增长，两条等边则随之缩短。通过祭司的安排，底层阶级中智力较强的成员之间的子女可以实现通婚，这种结合生下的后代会更接近等边三角形。

　　等腰三角形父母极少——就等腰三角形庞大的生育数

字而言——生出真正的、能得到认证*的等边三角形。要想生出等边三角形，从以往的成功案例来看，上几代人不仅必须对婚姻做出精心的安排，而且必须长期坚持节俭自律，耐心地、系统地、持续不断地提升自己的智力水平。

等腰三角形父母生下一个真正的等边三角形，这在我们国家是一件会吸引方圆数弗隆的居民前来庆贺的大喜事。新生儿在经过卫生与社会委员会的严格审查后，若被认证为三边等长，那么就会有庄严的仪式来宣告这位新生儿进入等边三角形阶级。然后新生儿便立刻被从他那骄傲但心碎的可怜父母身边抱走，交由没有子女的等边三角形家庭抚养。而收养的家庭则必须宣誓，从今以后孩子不得踏入亲生父母家门半步，也不得与亲生父母见面。这是害怕新生儿不自觉地模仿自己的底层父母，重新倒退至世袭的低层次中。

偶尔会有一个等边三角形能够突破先人的农奴阶级，这种可能性不仅受到贫苦农奴本身的欢迎，被当作他们一味悲惨的生活中的一线光明和希望，而且也受到贵族们的

---

* 空间国的评论家可能会问："为什么需要经过认证呢？因为能生下正方形的儿子，这不就是自然本身证明了孩子的父亲是等边三角形吗？"我的回复是，任何阶层的女士都不会愿意嫁给没通过认证的三角形。事实上，近似等边三角形的父亲也可能生出正方形的儿子，但第一代的不规则性往往会在第三代再次显现；这时第三代要么无法变成五边形，要么重新变回三角形。

欢迎。因为所有上层阶级都心知肚明，这种极罕见的阶级跃升不仅几乎不影响他们自身的特权，而且可以作为一道屏障，极为有效地防止下层阶级发动革命。

要是让这些有着尖角的下等人无一例外地了无希望与抱负，那么他们就可能从频繁的暴动中找到领导自己的人。他们人多势众，恐怕连智慧的圆形阶级都觉得棘手。幸好，自然下了一道充满智慧的"指令"：当劳动阶层的智力、知识以及德行有所提升时，他们的锐角（让他们的存在自带攻击性）也会等比增大，逐渐接近等边三角形那无害的角。那些最残暴、最可怕的士兵，他们的智力几乎与女性的一样低下。当他们在能让他们合理利用锐角之强大穿刺力的智力上获得提升时，他们的穿刺力本身就会减弱。

这样的补偿法则真叫人肃然起敬！我几乎可以说，它完美地证明了平面国的贵族宪法具有天然的合理性和神圣的源头！通过明智地利用自然法则，多边形阶级与圆形阶级几乎总能操纵人类心中那既无法压抑又无边无际的希望之火，将暴动扼杀在摇篮之中。就连技术，也来助力法律与秩序。一般情况下，国家医生可以通过人工压缩或扩张，让少数较聪明的叛军领袖变得完全规则，并立刻被接纳为特权阶级。至于大多数未达改造标准的人，他们在最终成为贵族这一前景的蛊惑下，住进了国家医院，接受了那里的终身荣誉监禁。只有一两个最顽固、最愚蠢、最无可救药的不规则者会被处死。

然后,这群既无计划又无领袖的可怜的乌合之众,他们要么在毫无抵抗力的情况下被自己的同类——圆形首领为应对紧急情况而豢养的一小撮人——刺穿;但更常发生的情况是,圆形党通过在他们中间巧妙地搞煽动,让他们互相嫉妒和猜疑,接着自相残杀,丧生于彼此的尖角之下。纵观我们平面国的历史,类似的叛乱记录在案的不下一百二十起,小型暴动更是多达二百三十五起,无一例外都是以上述方式结束的。

四　平面国的女性

如果说我们那长着尖角的士兵是可怕的，那么可想而知我们平面国的女性比士兵更加可怕。如果说士兵是楔子的话，那么女性就是针。可以这么说，女性浑身都是尖尖，至少两端绝对是。再加上她们还能随心所欲地隐形，所以你大概可以想象，平面国的女性绝对不是一群好惹的生物。

或许有些年轻一点的读者会问，平面国的女性是怎么让自己隐形的呢？尽管我认为这个问题的答案不言自明，但为了那些最不爱动脑子的读者，我还是再多说几句吧。

请将一根针放在桌上。然后，让你的视线与桌面齐平，从侧面看过去，你会看到它的整个长度。但若从两端看过去，你就只能看到一个点：针几乎已经隐形。平面国的女性就是这样隐形的。当她转过身子以侧面对着我们时，她看起来就是一条直线；当包含她的眼睛或嘴巴（对我们来说两个器官是完全一样的）对着我们时，我们就只能看到一个很亮的点；当她背对着我们时——只有一丁点儿亮，几乎和无生命的物体一样暗淡，她的后端就可以充当某种隐形罩。

现在，就算是空间国里最笨的人，也应该明白平面国的女性是多么危险的存在了吧。就三角形而言，哪怕他是一位受人尊敬的中产，他的角也并非全无危险；如果撞上一位体力劳动者，身上会留下一道长长的伤口；要是撞上一位军官，绝对会受重伤；哪怕轻轻碰一下士兵的顶角，也会有致命的危险。所以，假如撞上一位女士，除了当场毙命之外，还能有什么其他结果呢？而当女性处于隐形状态，或仅仅留给我们一个暗淡的点时，即便最小心谨慎的人，也难保自己绝对不会撞上她们！

为了尽量降低这种风险，平面国不同的州在不同的时期颁布了各种法规。在气候不那么温和的南方地区，由于引力更强，人们更容易做出意外和非自主的动作。因此，这些地区有关女性的法规自然更加严格。下面的总结也许能让各位对相关法规有一个大致的了解：

一、每栋房子都必须在东侧装设一个入口专供女性进出；所有女性都必须"以得体而恭敬的方式"进出，不得从男性或西侧的入口进出。

二、任何女性在任何公共场合行走时，都必须持续不断地发出"和平叫声",否则将被处以死刑。

三、任何女性经证实患有跳舞病、痉挛症、伴随强烈喷嚏的慢性感冒,或其他任何导致不自主运动的疾病,必须立刻被处以死刑。

除了上述法规之外,有些州还有一些额外的规定。例如,任何在公共场合站立或行走的女性,都必须持续不断地自右向左晃动背部,以便向身后的人表明自己的存在,否则同样将被处以死刑。另有一些州规定,女性外出时必须由儿子、仆人或丈夫陪同。还有一些州规定,女性除了参加宗教庆典之外,其余时间都必须待在家里。不过,我们平面国中最睿智的圆形和政治家已经发现,加在女性身上的限制如此之多,这不仅会导致女性人口大幅减少,而且会造成更多家庭凶杀案。由此可见,这类限制性过强的法规对州本身而言是得不偿失的。

由于不管在家中还是出门在外,女性都会受到各种行动上的限制,她们也因此容易被激怒。一旦被激怒,她们往往会将情绪发泄在丈夫和孩子身上。在气候不那么温和的地区,甚至曾经发生过女性集体血洗整个村子的惨剧,全村男性在一两个小时之内被杀光。因此,对于管理较好的州来说,上述的三条法规已经绰绰有余,可以作为女性立法的一个粗略范本。

毕竟，我们的安全保障不能主要靠立法，而是得靠保护女性的权益。虽然她们仅靠后退的动作便能瞬间杀死受害者，但如果她们不能迅速将她们尖锐的后端从受害者身上拔离，她们自己脆弱的身体也会随着受害者的挣扎而裂成碎片。

时尚的力量也站在我们这边。如同我刚刚说过的，在一些文明程度较低的州里，女性在公共场合时必须时刻从右向左晃动背部。然而，从古至今，在文明程度较高的地区，任何一位有教养的女性都会自觉晃动背部。换句话说，这对每一位体面的女性而言都是一种本能。因此，一个州若要靠立法来强制执行，那么这对该州而言反倒成了一种耻辱。此外，圆形阶级的贵妇们那富有节奏的背部律动——请容许我这么说——成为普通等边三角形的妻子羡慕和模仿的对象，后者只能像钟摆一样单调地摆动背部；同样地，那些追求进步、胸怀大志的等腰三角形的妻子又会羡慕和模仿等边三角形太太们单调的摆动，因为在她们的家庭中，任何形式的"背部运动"都还没有成为一种生活的必须。这样一来，对任何一个有立场和考虑的家庭来说，"背部运动"变得就像时间一样，是一种天经地义的存在。对于这些家庭的丈夫和儿子来说，他们至少可以免遭隐形的攻击。

不过，请别因此误会我们的女性缺乏感情。她们只是太过脆弱，在某些时刻容易被情绪支配、任凭情绪主导一切。这得归咎于她们不幸的先天身体构造。没有任何角度的她们，甚至比最低等的等腰三角形还不如，也因此完全缺乏脑力。她们不能反思、判断、预谋，也几乎没有任何记忆力。因此，当她们发起火来时，她们就会忘记责任和是非。事实上，我曾听说过这么一个案例：一个女人在气头上杀了她的全家，半小时之后，等她气消了，家人的碎尸也被清走了，她居然问别人她的丈夫和孩子现在怎么样了。

显然，只要女性还可以自由转身，我们就最好别去激怒她们。不过，只要让她们待在为使她们不能转身而建造的房间里，你就可以想说什么说什么，想做什么做什么，因为此时她们已完全无力伤人。不仅如此，她们几分钟后就会忘记刚刚发生的事，忘记她们曾经被你气得要命，以至于威胁要杀了你；忘记你为了平息她们的愤怒而许下的那些承诺。

总体而言，我们平面国里的家庭关系都还算和谐，只有底层的士兵阶级除外。那些家庭里的丈夫缺乏机智和谨慎，有时会导致难以形容的灾难发生。他们过于依赖自己尖锐的角，而不是靠理智和适当的哄骗来保护自己，又因生性鲁莽而经常忽略女性房间的限制作用，在房间外面用一些糟糕的言论激怒自己的妻子，并且拒不服软。除此之外，他们迟钝呆板的脑袋让他们倾向于认死理，不像精明的圆形阶级那样，能用一些花哨的承诺瞬间安抚住配偶。结果就是，士兵家庭里常发生由女性主导的屠杀。然而，这样的屠杀并非全无益处，因为它可以除掉那些更野蛮和麻烦的等腰三角形。许多圆形似乎认为，弱势性别的破坏能力是上天的安排之一，可以抑制多余的人口，将革命扼杀在萌芽状态。

然而，即使是最有教养、最接近圆形的多边形阶级，我也没办法宣称他们的家庭生活像你们空间国的那样理想、崇高。上层阶级的家庭生活虽然和平——这里的"和平"就是不发生屠杀，但家庭成员在品味或追求上必定很难和谐一致。谨慎智慧的圆形阶级为了确保自身的安全，牺牲了家庭生活中的舒适惬意。在每一个圆形或多边形家庭中，母亲和女儿必须一直将眼睛和嘴巴朝向丈夫和他的男性朋友，要是某位出身名门的女士背对她的丈夫，那就会被视为一种有失身份的噩兆。但是，我很快就会让你们看到，这种风俗虽然有确保安全的优点，却也存在一些弊端。

在体力劳动者或受人尊敬的商人家里，妻子在做家务时可以背对自己的丈夫，这样丈夫至少有一段时间看不见也听不见（除了法定的"和平叫声"的嗡嗡声之外）他的妻子。但在上层阶级的家中，丈夫们往往不得安宁。在那里，能说会道的嘴和明亮锐利的眼睛永远对着一家之主；就连光本身，也不比女性的滔滔不绝更持久。他们的足智多谋能帮助他们不为女性所伤，却不能帮他们堵住她们的嘴。鉴于妻子们其实没什么好说的却偏说个不停，以及绝不会因受到智慧、理性或良知的约束而住嘴，不少厌世者声称，他们宁愿承受那致命但无声的被刺穿的危险，也不愿面对女性另一端发出的安全的嗡鸣。

在空间国的读者看来，我们平面国女性的处境似乎相当悲惨。事实也的确如此。即使最低等的等腰三角形男性，也能期待通过改善自己的角度，最终提高整个阶级地位。但没有一个女人可以心怀这样的期待。"一朝为女人，终生为女人。"这是自然的裁决，就连进化规律都似乎要给女性冷遇。不过，最起码，我们还是可以赞美自然预先安排好一切的智慧：平面国女性虽毫无希望，但同时亦无记忆可回忆，无先见可预见。因此，对于苦难和屈辱，她们既不会回忆，也不会预见。而这些苦难和屈辱不仅是她们存在的必然，也是平面国规章制度的基础。

五　我们辨认彼此的方式

诸位啊，你们有幸享有光与影，生就两只眼睛，天生知道如何透视，醉心于享受各种色彩；诸位啊，你们在快乐的三维空间能真切地看见一个角，也能完整地欣赏一个圆。我该如何让这样的你们明白，在我们平面国中，要辨认出彼此的形状，是多么困难的一件事呢？

记得我曾向诸位说过，所有平面国的事物，不论有无生命，不论形状如何，在我们眼里都是一样的，或者说几乎是一样的，即一条直线。那么，当所有东西看起来都一样时，我们又是如何进行分辨的呢？

有三种辨认方式。第一种是听觉辨认。比起空间国的诸位，我们的听觉更加敏锐，不仅能够分辨出朋友的声音，而且能分辨出不同的阶级。至少地位最低的三个阶级——等边三角形、正方形和五边形，等腰三角形则根本不在考虑之列——我们是可以单凭声音便区分出来的。但是，随着社会地位的提高，利用听觉进行辨认以及靠声音被别人辨认变得越来越困难。一部分原因在于，上层阶级的声音比较相似；另一部分原因在于，听觉辨认是一种平民阶级的能力，贵族阶级的这种能力普遍较弱。更何况，只要存在冒名顶替的风险，我们就不能完全信任这种方式。我们下层阶级的发声器官比听觉器官更发达，一个等腰三角形可以轻易地模仿多边形的声音，而经过一定训练的等腰三角形甚至可以模仿圆形的声音。因此，我们更常使用的是第二种方式。

　　如果不为知道对方是谁，而只要知道对方隶属的阶级，那么不论对女性还是对社会各阶级的男性来说，触觉——我得说，在我们的上层阶级也是如此——便成为重要的辨认方式。你们空间国上层阶级之间的相互介绍，等同于我们平面国相互触摸的过程。"请允许我请求您触摸我的朋友某某某先生，以及被他触摸。"这句介绍双方的开场白，如今依然被许多住在偏远乡村的老派绅士使用。但在城镇和商人中间，这句话的后半部分则被省略掉了，于是整句话就被缩短为："请允许我请求您触摸我的朋友某某某先生。"——当然，这里的触摸依然被默认是双向的。至于追求时髦的年轻人，他们极端厌恶繁文缛节，并且对保持母语的纯洁性毫无兴趣，便进一步简化了这种表达。"触摸"

成了他们的专用语，意思是"为了让双方互相触摸而进行介绍"。如今，像"史密斯先生，请允许我触摸琼斯先生"这样的表达已经成了上层阶级中那些讲礼貌或爱跟风之人的俚语了。

不过，我的读者可不要以为"触摸"是一个冗长乏味的过程，就像在你们空间国那样；也不要以为我们必须摸遍对方的每一条边，才能弄清楚对方是哪个阶级。长期以来，通过在学校的学习和日常生活中的不断实践，我们能靠触觉立即区分出等边三角形、正方形和五边形。至于脑袋空空的等腰三角形，那就更不用说了，只一摸便能分辨出那尖锐的顶角。因此，一般来说，我们只需摸清一个角，就能确定对方属于哪个阶级。但如果对方来自更上层的贵族阶级，那么靠触觉辨认便困难了许多。即使是我们建桥大学①的文学硕士，也曾混淆过十边形和十二边形。就算是这所大学的科学博士，也不敢宣称自己能毫不犹豫地快速分辨出二十边形和二十四边形贵族之间的差异。

倘若读者还记得我先前提到的那些有关女性的法规，那么就会很容易意识到触觉辨认的过程需要相当小心谨慎。不加小心的话，尖利的锐角很可能会给触摸者造成不可挽

① University of Wentbridge，影射英国剑桥大学（University of Cambridge）。

回的伤害。因此，为了保障触摸者的安全，被触摸者一定要保持静止状态。过去的经验证明，因吃惊、焦躁而产生的位置移动，没错，甚至一个猛烈的喷嚏，都会给粗心的触摸者造成致命的伤害，无数美好的友谊也因此夭折。若被触摸者是处于社会底层的三角形，那么情况更是如此。这类三角形的眼睛距离顶点相当远，很难看清自己的尖角有没有戳到别人。加上他们生性毛躁，不太容易感觉到有条不紊的多边形那细腻的轻触。难怪过去曾发生过一个不自觉的晃头，就夺去平面国一条宝贵生命的惨剧！

　　我那位杰出的祖父——虽出身不幸的等腰三角形阶级，他的形状却是其中最为规则的——在死前不久，最终通过了卫生与社会委员会的投票（四票比三票），成功跻身等边三角形阶级。他一听说发生这类惨剧，便不住地哀叹，眼中泛起泪花，因为他的曾曾曾祖父也遭遇过类似的不幸。他是一位受人尊敬的劳动者，顶角有五十九度三十分。据祖父说，我这位不幸的祖先饱受风湿之苦，一次在被某位多边形贵族触摸的过程中不小心动了一下，结果他的顶角沿着对角线直接刺穿了那位大人物；从那以后，一方面由于他不得不长期忍受的监禁和耻辱，另一方面由于整个家族所承受的道德冲击，我们这一族开始走下坡路，下一代的顶角退化到了五十八度。之后经过整整五代人的努力，我们才最终"收复失地",顶角达到整六十度,实现了从等腰三角形到等边三角形的阶级跃升。而这一系列的灾难,全都源自触摸过程中的一次小意外。

讲到这儿,我想我听到一些受教育程度较高的读者大叫道:"你们平面国的人是怎么知道一个角有几度几分呢?我们可以看见一个角,是因为我们在空间国能看见两条线彼此相交。但你们每次只能看见一条直线,或者不管怎样只能看到断断续续的线段,那你们怎么能看到一个角,甚至分辨不同角的大小呢?"

对此我的回答是,我们确实看不见,但我们可以非常精确地推测角度。生活的需要加上长期的训练让我们的触觉变得异常敏锐,我们因此能够在没有量尺或量角器的情况下靠触觉分辨角度,精确度远高于你们的视觉分辨。当然,我得坦承造物主也提供了莫大的帮助。根据平面国的自然法则,等腰三角形的顶角一开始为半度或三十分,接着每一代增加半度(也可能不增加),直到顶角达到六十度为止。一旦六十度的目标达成,等腰三角形便摆脱了农奴身份,成为等边阶级的自由人。

根据自然提供的这些规律,我们很容易便得到一组从半度到六十度的角度标本(类似于你们空间国的字母表),并把这样一套标本置于全国每一所小学中。由于时不时的角度退化、经常性的道德和智力停滞，以及罪犯和流浪汉的超强繁殖力，平面国中半度和一度的人口不免过剩，不足十度的人口也不少。这些人没有任何公民权利，绝大多数智商甚至不够送去参军打仗，所以只好被送到学校充当教具。他们被铐上脚链，以免意外的移动造成任何伤害，然后被放置在幼儿学校的教室里。教育委员会利用他们向中产阶级的后代传授知识和技能，而这些可怜人自身则根本不具备那些知识和技能。

某些州会替身为标本的等腰三角形准备食物，让他们得以工作好几年。但在某些气候较温和，管理水平也比较高的地区，为确保教学质量，并不会给标本提供食物，而是每个月更换新的标本——罪犯在无进食的状态下能够存活一个月。至于那些资金较匮乏的学校，虽然为节约成本而较少更换标本，但需要额外支付标本的伙食费，而且标本经过连续好几周的触摸后，角度也会变得越来越不精确。当然，别忘了，每月更换标本的"昂贵系统"还有一个重要优点，那就是能帮助我们减少等腰三角形的数量——这是平面国每一位政治家都会时刻铭记的治国目标。因此，尽管我知道许多靠民选产生的校董事会中依然不乏所谓"廉价系统"的支持者，但我个人倾向于认为，花在更换标本上的钱是绝对值得的。

但我不能再让校董事会的政治问题影响正题的讨论了。相信我到此为止的解释已经足够充分，触觉辨认并非读者想象的那样耗时过久或不够准确，而是显然比听觉辨认可靠得多。但尽管存在这么多优点，触觉辨认依旧有一个无法避免的缺点——危险性。因此，许多中产和下层阶级，以及所有圆形和多边形阶级，都还是偏好第三种辨认方式。有关它的详细情况，我们留到下一节介绍。

六　关于靠视觉辨认彼此

　　我接下来要说的话，可能会让人觉得前后矛盾。我在之前的章节曾说过，所有图形在平面国里看起来都是一条直线。我还说过，或暗示过，我们无法通过视觉器官分辨不同阶级的人。然而，我现在却要向空间国的评论家解释我们如何通过视觉分辨他人。

　　如果读者不嫌麻烦，翻到前文关于触觉辨认在平面国通用的描述，就会发现这种通用仅限于下层阶级。只有在上层阶级和气候更温和的地区，才会通过视觉来辨认彼此。

　　这主要是因为平面国的雾。除了特别炎热的地区外，平面国的大部分地区终年有雾。对空间国诸位而言，雾绝非善类，它遮挡美丽的风景，让人精神萎靡，对健康尤其有害。但对平面国的我们来说，其重要性不亚于空气。雾是上天的馈赠，是艺术的助手，科学的源泉。好吧，我看我还是不要再进一步去赞美雾，而是解释一下它在平面国的作用吧。

如果没有雾，所有线条看起来都同样清晰，毫无差别。在那些空气完全干燥透明的乡村地区，情况差不多就是如此。但在雾气浓重的地方，远一点的、三英尺以外的事物就比两英尺十一英寸以外的看起来更加暗淡。因此，在有雾的地方，只要根据经验反复仔细地观察眼前之物的明暗度和清晰度对比，我们就能准确地推断出该物的形状。

我想，举一个具体的例子会比像这样泛泛而谈更能让你们明白我的意思吧。

假设我看见两个人向我走来，我想确定他们的阶级，他们是商人和医生，或者换句话说，是一个等边三角形和一个五边形，那么我是如何辨认出来的呢？

对稍微接触过几何学的空间国孩子来说，我下面的解释应该相当容易理解。假设我能让自己的眼睛正对着陌生人的一个角（A），这样我的视线就能把这个角分成两等份。那么，此人紧挨我的两条边（CA 和 AB）到我的眼睛的距离就是相等的，我能不偏不倚地看到这两条边，并且这两条边在我的眼中长度相等。

现在，以图（1），也就是商人为例，我会看到什么情形呢？我会看到一条线 DAE，线的中点 A 由于靠我最近，因此看起来非常明亮。但从中点往两端延伸的两条线会迅速变暗，因为两条边 AC 和 AB 会迅速隐入雾中。而在我看来是端点的 D 和 E，它们会是非常暗淡的。

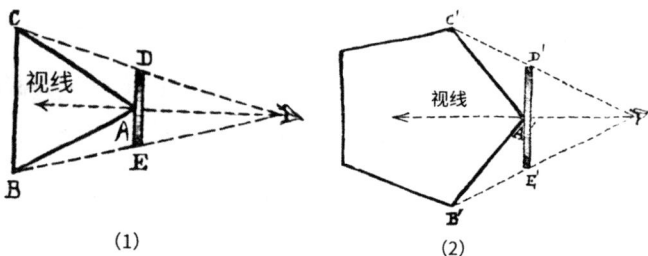

（1）   （2）

另一方面，以图（2）的医生为例，虽然我在这里也看到一条线 D′A′E′，它的中点 A′ 也同样明亮，但它变暗的速度较慢，因为两条边 A′C′ 和 A′B′ 隐入雾中的速度较慢。在我看来是医生的两端的 D′ 和 E′，也不如商人的两端那么暗淡。

从上述两个例子中，读者也许会理解，我们之中受过良好教育的阶级——在经过长期训练以及日常经验的积累之后——能靠视觉精确地分辨出中产阶级和下层阶级。要是我的空间国读者已经掌握了视觉辨认的基本概念，能够想象它的可能性，而不把我所说的当成胡说八道，那我的目的就完全达到了。如果我再试图进一步介绍更多的细节，那就只会加深诸位的困惑。不过，鉴于一些年轻而又缺乏经验的读者可能会推想——根据我前面两个简单的例子，它们也是我分辨自己父亲和儿子的方式——视觉辨认并非难事，我认为也许有必要指出，在现实生活中，视觉辨认的大部分问题远比我方才讲的更为微妙和复杂。

举例来说，当我那位三角形父亲向我走来时，若他正对着我的恰好是他的一条边而不是一个角，那么除非我要求他转身或绕着他缓缓移动，不然我就会暂时怀疑他是一条直线，或者换句话说，一个女人。同样地，当我和我那两个六边形孙子的其中一个共处一室时，即使我正对着的是他的一条边 AB——从下图也可以明显看出，我也会看到一整条亮度均匀的线 AB（线末端几乎没有变暗），以及两条较短的线 CA 和 BD，这两条线越接近端点 C 和 D 就变得越暗。

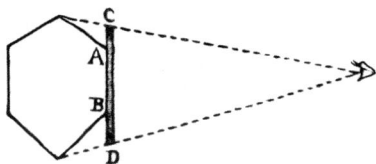

虽然我很想继续讨论这类问题，但我不能再放任自己深入下去了。我想，空间国里最刻薄的数学家也会同意我的看法：对那些受过良好教育的居民来说，在一场舞会或座谈会上，在他们自己转动、旋转、前进、后退的同时，

还要靠视觉分辨若干沿不同方向移动的多边形贵族，这真的是一项难度非常高的任务，本质上是在考验最聪明之人的角度分辨力。基于这个充分的理由，我们的最高学府建桥大学投入了相当可观的资金，聘请一些博学的教授——专门研究动态和静态几何学的——定期教授精英阶级的子弟们视觉辨认的科学和艺术。

唯有少数最高贵、最富有的家族的子弟，才有能力学习这一需要耗费大量时间和金钱，既高贵又有价值的艺术。像我这样级别并不算低的数学家，身为两个最有前途和绝对规则的六边形的祖父，置身于一群不断旋转的多边形贵族之中时，偶尔也会茫然无措。更别提一般的商人或农奴了，视觉辨认对他们来说几乎完全超纲。对你——我的读者——来说也一样，如果你被突然运送到我们国家的话。

身处这样一群人中时，你可以看到你的周遭全是一条线，这条线很明显是直的，但局部会一直发生不规则的明暗变化。即使你刚刚修完大学三年级的五边形和六边形课程，并充分掌握课程里的理论知识，你也依然得靠长年的经验积累，才能在这种时髦的场合里自由移动，不撞到任何地位比你高的人。对于那些人，你不能请求去触摸他们，因为这么做违反礼节。他们凭借高人一等的知识素养，对你的一举一动了如指掌，而你对他们的却知之甚少，甚至一无所知。简言之，若想在多边形圈子里表现得完全合乎礼节，你自己必须也是多边形。这样的结论尽管令人痛苦，但至少是我的经验之谈。

一个惊人的事实是，视觉辨认术——或者我几乎可以称之为本能——的极大发展，靠的就是日常的视觉辨认实践和杜绝"触摸"的习惯。这就好比你们空间国的聋哑人士，一旦被允许用手势比划和使用手语字母表，就永远无法掌握难度更高但更有价值的唇语和读唇术。这样的情况也适用于我们平面国的"观看"和"触摸"。一个早年依赖"触摸"的人，将再也无法完美地掌握"观看"。

基于这个原因，我们的上层阶级不鼓励"触摸"，甚至完全禁止"触摸"。打一出生，他们的孩子就被送进专门的高等神学院，而不是公立小学（那里教授触觉辨认术）。在我们平面国最好的大学里，"触摸"被视为最严重的过失，初犯会受到休学处分，再犯则会被学校开除。

但在下层阶级中，视觉辨认术被视为一种不可企及的奢侈。一个普通商人根本负担不起让他的儿子花上人生三分之一的时间去学习这种抽象知识。对于社会底层的人们而言，视觉辨认的技术太过奢侈。因此，穷苦人家的小孩很早就开始学着"触摸"，早期的个性也因而比较早熟活泼。反观多边形阶级的小孩，个个迟钝呆板，缺乏活力，因为他们还没有掌握一技之长。但等他们最终完成大学课程，准备好将学到的理论应用于实践时，他们身上发生的变化几乎可以用"如获新生"来形容。他们在艺术、科学、社会追求方面，迅速赶超自己的等腰三角形竞争者，把后者远远甩在后面。

只有极少数多边形无法通过大学结业考试或离校考试。这些少数的失败者的处境实在令人同情。上层社会排斥他们，下层社会鄙视他们，他们既没有多边形文学学士和硕士成熟且经过系统训练的能力，也缺乏年轻商人与生俱来的早熟和灵活多面。各行各业和公共事业的大门都对他们紧闭。虽然大多数州的法律并不禁止他们结婚，但他们很难找到合适的伴侣。因为过去的经验显示，这样既不幸又禀赋差的父母，他们生下的后代，就算并非不规则，一般来说本身也是不幸的。

正是从这些贵族的放逐者中，诞生了平面国历史上几次大革命和大暴动的叛军领袖。那些叛乱造成的危害如此巨大，以至于我们那些更进步的政治家认为，真正的仁慈在于彻底的压制，对所有大学结业考试不合格的人，依法处以终身监禁或者安乐死。

我发现自己好像又偏到了不规则图形的主题中去，这也是一个至关重要的问题，需要单独一节进行讨论。

七 关于不规则图形

我在前文一直假设——也许一开始就应该把这个假设作为一个独立的基本的命题——平面国的每个人都是规则图形，也就是有着规则的结构。我的意思是，女性不仅是一条线，而且是一条直线；工匠或士兵必须有两条等长的边；商人必须三边等长；律师（鄙人恰好是其中一员）必须四边等长；而每个多边形贵族则必须各边等长。

边的长度理所当然取决于人的年龄。刚出生的女婴约为一英寸，高挑的成年女性可能达到一英尺。至于成年男性，不论哪个阶级出身，各边长度总和是两英尺或两英尺多一点。不过，长度不是今天我们要讨论的重点，我们要讨论的是边长是否相等。不用多想也知道，是自然规定所有图形各边等长，这一基本事实是平面国整个社会生活的基础。

如果我们的边不相等，那么我们的角也不相等。这么一来，比起为确定对方的形状而只需触摸或观看一个角，我们变得必须通过实际触摸来确定每一个角。但人生苦短，哪里容得下如此冗长乏味的"摸索"。整个视觉辨认的科学和艺术也将随之消亡，触觉辨认术同样不会长久存在；人与人的交往将变得充满危险，或者不再可能；所有的自信、所有的预判都将终结；哪怕最简单的社交安排，也会隐藏风险。一言以蔽之，文明也许会因此重归野蛮。

读者会不会觉得跟不上我的节奏，无法跟我一起得出这些显而易见的结论？但毫无疑问，只要稍加思考，看看下面这个日常生活中的简单例子，诸位便会相信我们的整个社会系统都是建立在规则性或角度相等的基础上的。好比说，你在街上遇到两三个人迎面走来，只要看一眼他们的角和迅速变暗的边，就能立刻认出他们是商人，然后你便邀请他们到你家中共进午餐。你做这些的时候很有把握，因为你能估算出每个成年三角形的面积，误差最多不超过一两英寸。但想象一下，要是你的商人朋友虽然顶角规则体面，但背后拖着一个对角线长达十二三英寸的平行四边形，这样一个怪物紧紧卡在你家门口，你该怎么办啊？

如果我把细节说得再详尽些，倒像是在侮辱诸位生活在空间国的幸运儿的智商了。显然，在这种可怕的情况下，仅仅测量一个角，并不足以判断对方的形状，我们的整个生命都将被耗费在触摸和测量熟人的周长上了。对一位受过良好教育的正方形来说，他要绞尽脑汁才能避免在人群中被撞到。假如没有人能确定其他人的形状是否规则，那么整个社会就会陷入混乱和困惑。哪怕是小小的骚动，恐怕都会引起一连串的连锁反应，造成严重的伤害。如果他撞上的是女性或者士兵，更会导致大量伤亡。

因此，自然规律和社会利益都决定了所有图形必须是规则的。我们的法律也做出了相关规定。"形状不规则"在我们这里就相当于你们那里的道德败坏和违法犯罪（甚至更严重），对不规则者的处理方式就是把他当作罪犯来处理。当然，也不乏跟主流意见唱反调的人，他们声称几何上的不规则与道德上的不规则并无必然联系。"那些不规则者，"他们说，"一生下来就被父母警惕，被兄弟姐妹嘲笑，被亲戚忽视，被社会怀疑和轻视。他们得不到任何信任，没有人愿意将有意义的工作交给他们。他们的一举一动都受到警卫的密切监视。等到他们成年后接受体检时，若被检查出不规则的部分超出了误差标准，那么他们便会被处死；没超出的话，他们也只能被关在政府机构做七等文员，不能结婚，被迫领着微薄的薪水从事枯燥无趣的工作，平时生活起居都被限制在办公室内，连外出休假都会受到严密监控。在这样的环境下，就算最善良、最纯洁的心灵也难免会产生怨恨并逐渐扭曲。"

这样的言论乍听之下有其道理，却说服不了我，也说服不了平面国最有智慧的政治家。我们的祖先定下的制度——"容忍不规则图形就等于妨害国家安全"——已然成为一种公理，是绝对不会错的。毫无疑问，不规则者生活得非常艰难，但为了保障大多数人的利益，他们必须接受这种艰难的生活。如果我们允许一个前端是三角形，后端却是多边形的怪物存在，允许他繁衍更多不规则的后代，那么我们的生活将会变成什么样子？难道仅仅为了方便这些怪物，平面国所有的房子、大门和教堂都要重新建造吗？难道要让我们的剧院或讲堂的检票员去测量每个人的周长，然后才放他们入场吗？不规则者可以免服兵役吗？如果不可以，那要如何防止他们给军队带来破坏呢？此外，对于这类生物来说，他们可以轻松地把自己多边的一侧作为正面，走进任何一家商店，向轻信的商人订购任何商品。就让那些鼓吹博爱的人尽情地去嚷嚷废除《不规则者刑事法》好了，就我个人而言，我还从未见过有哪个不规则者不虚伪、不厌世、不尽其所能地为非作歹，他们天生如此。

不过，我目前并不赞成某些州采取的极端措施。在那些州，如果婴儿出生时有任何一个角度与标准角度偏差半度（三十分），那么他就会被立即处死。但事实上，在平面国历史上，有几位最高贵、最有能力的人和一些真正的天才，他们在幼年时期的角度与标准角度的偏差就达到甚至超过了四十五分！要是这些宝贵的生命早早丧失了，那会对平面国造成多么无可挽回的损失啊。如今，我们的矫正技术已经有了重大的突破，通过压缩、伸展、钻孔、绑缚等外科手术或饮食疗法，不规则的病症能够部分治愈或完全治愈。因此，我个人支持一种折中路线。对于刚出生的不规则者，我认为不应该以绝对的或固定的标准去衡量，只有当骨架已经开始定型、医学委员会判定矫正回来的希望非常渺茫时，我才建议对这类不规则者的后代予以仁慈的、无痛苦的清除。

八 平面国老祖宗的彩绘实践

假如读者耐心地阅读至此，那么当他们听到我说平面国的生活有点乏味时便不会感到惊讶。当然，我的意思并不是说这里没有战争、阴谋、动乱、党派之争以及其他那些被认为能使历史变得有趣的现象；我也并不否认，生活问题与数学问题的奇妙结合，通过不断引发推测并提供即刻验证的机会，给我们的存在带来了一种你们在空间国很难理解的热情。我所指的乏味是审美和艺术层面的；从审美和艺术的角度看，我们的生活确实乏味至极。

当一个人眼前的所有景致，所有的自然风光、历史建筑、人像、花朵及其他静物，都只是一条线——除了亮度和清晰度略有差异外，其他毫无变化，那他的生活怎么可能有趣呢？

不过，平面国的生活并非从古至今都是这样的。如果传说属实，那么色彩曾经在半个多世纪的时间里，为我们远古时代的祖先的生活增添了短暂的光辉。据说，有一个五边形——关于他的名字有好几种说法，他发现了组成简单颜色的成分及基本的彩绘方法，于是他先彩绘了自己的房子，接着是自己的奴隶，再接着是自己的父亲、儿子和孙子，最后他替自己上了色。彩绘带来的便利和美让它立马风靡全国。不管在哪里，色彩学家——最可信的政府当局这般称呼他——只要转动他那五彩斑斓的身体，就会立马赢得人们的关注和敬重。现在，没有人需要去"触摸"他，也没有人会把他的正面误认为他的背面。他的一举一动一目了然，让他的邻居不需要任何计算便能确定无疑。没有人会撞上他，或者未能及时给他让路。他也不用像我们这些没有颜色的正方形和五边形一样，总是在穿过一群无知的等腰三角形时大声自报家门以免被刺穿。

彩绘的时尚像野火般席卷全国。一周后，所有与色彩学家住在同一个地区的正方形和三角形都效仿起了他。仅有少部分比较保守的五边形仍持观望态度。一两个月后，连十二边形也受到了这种创新的感染。不到一年，平面国只剩下极少数顶级贵族抗拒彩绘。不用说，彩绘这一风尚很快就从色彩学家所在的区域传播到了周围的区域。两代之内，除了女性跟祭司，其他所有平面国居民都有了颜色。

然而，大自然似乎替女性和祭司筑起了一道屏障，不让色彩蔓延到这两个阶级之中，因为"多边"几乎是彩绘的必备条件。"边的区别意味着颜色的区别，这是自然的旨意。"——这是当时流行着的一句格言，大家口口相传，城镇一个接一个地拜倒在这种新文化下。但这句格言显然不适用于我们的祭司和女性。后者只有一条边，从复数意义和学术角度看等于没边。而前者——他们向来喜欢称自己是真正的圆形，而不是有着无限多的无限短边的高等多边形——习惯于吹嘘（女性则是忏悔和哀叹）他们没有边，但他们有幸以一条线为周长，也就是他们有圆周。因此，"边的区别意味着颜色的区别"这句格言对这两个阶级来说并无约束力。当其他阶级都将身体描绘得五彩缤纷时，只有祭司和女性依旧未沾染任何色彩。

不道德的、放荡的、无政府的、不科学的——随便人们怎么形容这场"彩绘革命"，从艺术的角度来看，这段时期是平面国璀璨的艺术萌芽期。但是非常遗憾的是，艺术在平面国仅仅只是萌芽，并未成熟到结出果实，甚至还没来得及开花。活在彩绘革命时代的人是多么愉快幸福啊，因为活着就意味着观看。哪怕是在小型聚会上，能够欣赏五颜六色的来宾，也足够令人开心的了。据说，当时在教堂和戏院里，人们时常忙着欣赏彼此身上丰富多彩的色调，甚至忘了关注台上那些最杰出的布道者和演员。不过，最炫目夺人、富丽壮观，乃至无法以言语形容的，莫过于阅兵大典。

在阅兵大典上，当两万名等腰三角形排成一列突然转向我们时，暗淡的黑色底边一瞬间转换成了夹着他们的锐角的两条边——一条橙色，一条紫色。等边三角形的民兵团则是红、白、蓝三色。正方形炮兵团以淡紫、群青、藤黄与焦棕的四色边，在朱红色的大炮附近迅速旋转。五色的五边形和六色的六边形组成了外科医生队、几何学家队和副官队，他们飞快地穿过阅兵场——这一切足以让那个有名的故事变得可信：一位杰出的圆形元帅，看见他领导的军队是如此美丽，于是扔掉了他的权杖与皇冠，声称从此要把它们换成艺术家手中的画笔。通过这些描述，我们不难想见，那个时代的"感观"艺术成就是多么地伟大辉煌。在彩绘革命时代，就连最普通的市民说出的最普通的话也比今天的文字更有思想和文采。彩绘革命时代诞生了我们平面国有史以来最优秀的诗歌，而如果说现代语言还有任何韵律可言的话，那也拜那个时代所赐。

九　彩绘法案

　　然而，在艺术达到巅峰时，人们累积的知识与技能却开始快速衰退。

　　首先，由于并非必要，再也没有人学习视觉辨认了。静态、动态几何学，还有其他类似的学科，都被认为是多余的知识。很快地，就连大学也放弃了教授这些知识。次等的触觉辨认也在小学里遭遇了相似的命运。过了一阵子，等腰三角形阶级开始主张，既然没人愿意学习触觉辨认，那么也没必要将犯罪的等腰三角形送到学校当作教具来为教育服务。等腰三角形一旦摆脱了这项传统的教育义务——曾在两方面发挥了积极作用，一是驯服他们残忍的天性，二是防止他们人口过剩，他们的势力开始日益壮大，态度也变得越来越傲慢。

　　年复一年，士兵和工人开始越来越强烈地主张，自己与最高等的多边形阶级并无太大区别。从某种层面来说，他们是对的：因为如今再也不需要静态学、动态学，只需通过简单的颜色辨认，他们就能克服生活中绝大多数的困难。他们不满足于让视觉辨认自然地走向衰亡，开始明目张胆地要求法律禁止所有"贵族专属技能"，并进一步要求取消对视觉辨认、触觉辨认、数学等学科的资助。很快，他们开始主张，既然颜色是自然赋予我们的第二天性，它的存在消除了贵族与平民之间的区别，那么法律也应该遵循同样的路径，即规定所有人和所有阶级在法律面前一律平等，并有权享受平等的权利。

当这场革命的领导层察觉到上层阶级对以上要求态度摇摆不定时，他们又更近一步地提出了更多要求。最后，他们主张，包括祭司和女性在内的所有阶级，都应该通过彩绘自己来体现对颜色的效忠。对此，反对者指出，女性和祭司没有多条边，无法接受彩绘。革命派则辩称，为了适应自然规律和社会需求，每个人都应该把包含眼睛和嘴巴的前半边和后半边区分开来。因此，在一次所有州都派代表参加的特别大会上，他们提出一项立法草案，要求每位女性将自己的前半边绘成红色，后半边绘成绿色。祭司阶级也应效法，将以眼睛和嘴巴为中心的前半圆绘成红色，另外的后半圆绘成绿色。

这项老谋深算的提案，事实上并不是由等腰三角形提出的——他们的智商太低，根本想不出这样的治国之道，甚至连它的精妙之处都理解不了。这项草案是由一位不规则圆形提出的。他本应在孩提时被处死，却因他人的愚蠢姑息而活了下来，不仅给他的国家带来了灾难，也给他的无数追随者带去了毁灭。

另一方面，法案旨在将所有阶级的女性拉拢到彩绘创新的阵营。通过指定给女性与祭司相同的两种颜色，革命派由此保证，每位女性从某些角度看和祭司别无二致，并会因此受到祭司等级的尊重和礼遇——这样的前景必将吸引大量的女性支持者。

有些读者可能无法理解，为什么新法案下女性会跟祭司看起来完全一样，那么暂且容许我对此稍作解释。

想象一位女性按照新法案彩绘自己，将有着眼睛跟嘴巴的前半边绘成红色，后半边绘成绿色。若我们从她的那一侧望过去，我们会看到一条半红半绿的直线。

现在想象一位牧师——他的嘴巴在 M 处——将他的前半圆（AMB）和后半圆分别绘成红色与绿色。直径 AB 可以视为红色与绿色的分界线。当你的视线与 AB 齐平时，你会看到一条直线（CBD），其中一半（CB）是红色，另一半（BD）是绿色。整条线（CD）会比一位全身的女性短一点，且从中间到两端逐渐变暗。但当你的注意力被颜色主宰时，你会忽略这些细节。别忘了，传统的视觉辨认术因受到了彩绘革命的影响，早已严重退化。毫无疑问，女性为了被误认成祭司，肯定会迅速找出降低她们两端的亮度的法子。如此一来，诸位应当能够理解彩绘法案将会造成多大的危机，因为法案一旦推行，我们就再也无法区分女性与祭司了。

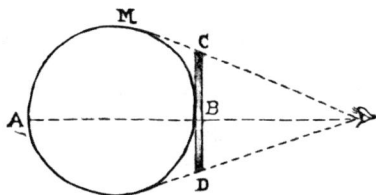

可想而知，彩绘法案对弱势性别来说具有多么大的吸引力啊。平面国的女性满心期待着那些必然会发生的混乱。在家中，她们会偷听那些原本只该让她们的丈夫或兄弟听到的、关于政治或宗教方面的机密，甚至会假冒祭司发号施令。出了家门，由于她们只用红绿两色彩绘自己，她们肯定会让路人不断地把她们误认为祭司，从而获得相应的尊重和服从。反过来，祭司也会被误认为女性，从而丧失应有的别人的尊重和服从。女性会得到圆形阶级失去的一切。而女性犯下的错误，可能会轻率地被误认为是牧师的所作所为，长此以往加在圆形阶级身上的丑闻就会颠覆平面国的宪法。但我们不能指望女性会考虑到这些风险。就算是圆形家庭的女性，她们也无一例外地支持彩绘法案。

彩绘法案的第二个目标，在于逐渐打击圆形阶级的士气。尽管一般人的知识技能已经退步了许多，但圆形阶级依然保持着清醒的头脑和强大的理解力。圆形阶级的后代从小生活在没有任何颜色的家庭环境中，接受了令人钦佩的智力训练，而训练带来的优势能够让神圣的视觉辨认术为贵族所独有。因此，在彩绘法案颁布之前，圆形阶级拒绝跟风，不仅保持了自己对大众阶级的优势，甚至进一步扩大了这种优势。

如今，那位狡诈的不规则圆形提出了邪恶的彩绘法案，想借强行给圆形阶级上色来重创阶级制度，同时扼杀圆形阶级在家中传授视觉辨认术的机会。如此一来，圆形阶级将无法保存他们独有的智慧，他们也将变得与其他阶级一样愚昧。原因在于，当圆形家庭受到色彩的污染后，父母与孩子都将搞混彼此的身份。光是判断眼前的人是父亲还是母亲，对圆形阶级家庭的孩子来说就是个大问题了。同样的问题一再发生，一再动摇孩子的信心，最终孩子再也无法做出任何逻辑判断。久而久之，祭司阶级的智慧光芒必将暗淡下去，接着整套贵族立法会被彻底摧毁，我们的特权阶级也会被完全颠覆。

十　镇压彩绘革命

引起纠纷的彩绘法案颁布后，实施了长达三年之久；局势对革命派相当有利，直到彩绘法案被废止的前一刻，革命派依然拥有绝对的优势。

当时，多边形曾试图反扑，但等腰三角形以压倒性的数量优势，歼灭了多边形阶级的私人佣兵，正方形和五边形则保持中立。最糟糕的是，某些最优秀的圆形绅士，竟然是死于陷入疯狂的另一半之手。彩绘法案使得女性与圆形阶级的政治立场相左。圆形阶级的太太们非常生气，她们不断尝试说服自己的先生不要排斥彩绘法案，当她们意识到自己完全无法说服对方后，长久积累的绝望令她们陷入疯狂，以至于亲手杀死了自己的孩子、丈夫，甚至整个家族，最后以自尽收场。据史料记载，在彩绘法案颁布的三年之内，至少二十三位圆形死于家庭纠纷。

那真是一场大灾难。看起来，圆形祭司似乎除了投降或被灭族之外没有第三条路可走。但一切的局势因为一件小事一夕之间彻底扭转。因此，我们的政治家应该将这件小事牢记在心，偶尔尝试预测甚至复制与它类似的事件。因为这类事件往往可以引发意料之外的群众共鸣，而善加利用社会被激起的同情心与同理心，则足以改变局势。

事件的经过是这样的。一位顶角刚好超过四度的低级等腰三角形从一家商店抢走许多颜色，尝试用好几种颜色替自己彩绘。根据不同的故事版本，我们不确定他是自己上的色，还是别人帮他上的色。总之，他彩绘的颜色刚好是十二边形的颜色。完成彩绘后，他来到市集广场，用伪装的声音搭讪了一位少女，一位来自高贵的多边形家庭的孤女。这种跨越阶级的搭讪行为，在过去来说是根本不可能发生的，但通过颜色的伪装，一连串的谎言，以及令人难以置信的大量好运（对那位等腰三角形来说），使得少女彻底忽略了周遭人对她提出的警告，没有做好相应的预防工作。最终，他们结婚了。事后，当那位可怜的女孩察觉到自己被骗后，她选择了结束自己的生命。

经过报道，这起悲剧迅速扩散到每一个州，听到相关消息的女性既生气又担心。她们同情那位不幸的受害者，担心自己或姊妹们有朝一日也会遭遇类似的诈欺。这样的想法让她们对彩绘法案有了不同的看法。一些女性开始公开反对彩绘法案，其余的女性只需稍加鼓动，也愿意加入反对阵营。面对这个难能可贵的机会，圆形阶级立即召开了一场特别的会议，聚集各州的代表。这场会议的特别之处在于，维护会场秩序的卫兵由囚犯担任，不少反对彩绘法案的女性也受邀出席。

在这场史无前例的会议上，当时的圆形首领——人称潘托塞寇勒斯——上台致词时，多达十二万名等腰三角形开始在台下大声喝倒彩。然而，首领一上台，他便宣示圆形阶级将做出让步，服从群众的意志，接受彩绘法案。于是台下群众立刻安静下来。原本的喝倒彩声变成了经久不息的掌声。他邀请革命领袖色彩学家上台，如同革命分子般地认可了色彩学家的崇高地位。最后，首领开始他的演说，一场无与伦比的演说，几乎持续了一整天，庞杂到根本无法用三言两语总结出来。

圆形首领以公平公正的严肃口吻宣称，圆形阶级认同彩绘法案的改革与创新。不过，他们想对彩绘法案进行最后一次全方位的评估，在承认它的优点的同时评估它可能带来的负面影响。在演讲的过程中，他逐渐将话题转到彩绘法案给商人、专业人士以及士绅阶级带来的危险。尽管不时有等腰三角形站出来反对他的言论，但圆形首领再三强调，只要大多数人支持，自己也将赞成通过彩绘法案。

这样的说法成功地安抚了反对的声浪。但是，很显然，在听完了他的演讲后，除了等腰三角形以外，其他族群都受到了影响，他们要么依旧保持中立，要么便转为反对彩绘法令。

接着，圆形首领开始对劳工阶级喊话，他主张工人的权益不该被抹灭。要是他们打算接受彩绘法案，他们至少应该首先全面了解这项法案可能带来的后果，他说："诸位之中的许多人，如今正处在即将晋升为等边三角形阶级的最后关键阶段。其他人呢，尽管知道自己已经没希望了，但依然将希望寄托在孩子们身上。这样崇高伟大的理想将不复存在，如果我们全面采纳彩绘法案，抹除阶级制度的话。我们将再也分辨不出规则与不规则图形之间的差异，退化将取代发展，劳工阶级将在数代之后倒退成军人阶级，甚至变成犯人阶级。政治权力将由人数最多的群体，也就是罪犯掌握。犯人阶级的人数如今已经超过劳工阶级。今后，当符合自然法则的传统阶级被废除之后，犯人阶级的人数将超过其他所有阶级的人数总和。"

工人间相互低声交流着，纷纷表示赞同。色彩学家觉察到情况不对，打算起身上台说服他们，却发现不知不觉间自己已经被卫兵包围。卫兵要求他保持沉默，同时圆形首领以充满力量的嗓音，继续向在场的女性进行最后的游说。他声称如果彩绘法案获得通过，那么将没有一段婚姻是安全的，没有一位女性可以确保自己的尊严。欺骗、伪装与虚情假意将会充斥每一个家庭，美好的家庭将同平面国宪法一道迅速地走向毁灭！"而比这更快到来的，"他大声喊道，"就是死亡！"

这句话其实是事先定好的行动暗号。他的话音刚落，等腰三角形卫兵便立刻展开进攻，用他们的锐角刺穿了色彩学家。规则多边形阶级则散开队伍，让由圆形阶级安排好的一众女性，以近乎隐形的方式来回穿刺，精准地攻击着革命派的士兵。工人们仿效比自己地位高的阶级，同样让开一条路，让女人们对那些革命分子发动攻击。与此同时，担任卫兵的犯人控制了每一个入口，不让任何人进出。

这场战争，或者说屠杀，只持续了极短的时间。在圆形阶级巧妙的指挥下，每一位女士都做出了致命的攻击，同时能够巧妙地拔出插在敌人身体里的尖刺，随时准备好第二波的杀戮。不过，这种准备已经没有必要了。慌乱的等腰三角形们自己解决了这一切。在失去领袖的情况下，他们一面被看不见的敌人攻击，一面惊慌失措地发现后路也被与圆形阶级合作的犯人斩断。这时，等腰三角形故态复萌，立刻失去了理智，哭喊着"叛徒"，以为身边的人全是敌人。至此，他们的命运已定。他们以尖锐的顶角攻击彼此，半小时后，十四万等腰三角形全数死亡，铺满整个会场的尸体碎片便是这场胜利的最佳证据。

圆形阶级一步都没慢下来，他们追求彻底的胜利。他们虽然没有为灭绝劳工阶级发动攻击，但依然不遗余力地削减对方的数量。他们召集了等边三角形民兵，仔细检查他们中是否存在不规则三角形。一旦发现，无需像平常一样经过正式测量程序，军事法庭可以即刻将其就地正法。军人和工匠阶级则被迫接受了政府长达一整年的上门走访。在此期间，每座城市、村庄、小村落都接受了系统性的清洗，那些曾经拒绝去小学和大学充作教具的标本，那些违反平面国宪法的低等居民，一个个都被杀掉了。终于，阶级重新恢复了平衡。

毋庸赘言，自此以后，颜色的运用被严格禁止，连拥有颜料也是不被允许的，甚至连和颜色有关的言论都被彻底封锁。除了圆形阶级或受过认证的科学教师以外，凡是提及颜色的人都将遭受严厉的惩罚。只有在大学里，在极少数的深奥课程之中——我未曾有幸参与这类课程——仍可用少量色彩来表现一些相当复杂的数学问题。但这也只是我道听途说的。在平面国其他地方，如今已经看不到颜色的踪迹。整个国家只有一个人知道怎么制作颜色。终结彩绘革命的圆形首领临终前，在床边写下了这道秘方，由圆形首领代代单传。有一间专门负责生产颜色的工厂。为了避免秘方外流，工厂里的工人每年都会被处死，然后再换上新的工人。这一段彩绘革命的历史实在惊心动魄，直到现在，每次我们的贵族回忆起当时的情况时，依然免不了心有余悸。

十一　平面国的祭司

是时候跳过那些关于平面国的漫谈，进入本书的主旨了。我是想通过这本书来分享自己如何受到空间国奥秘的启蒙，前面所讲的都不过是开场白罢了。

为了尽快切入主旨，我必须跳过许多关于平面国的细节，尽管我想诸位可能会对这些细节颇感兴趣。好比说，在没有脚的情况下，我们如何移动、停止自己的身体？在没有手，又没有土的侧向压力的情况下，我们如何固定木头、石头、砖块，构筑地基，盖起一栋房子？雨水如何在不同区域之间产生，从而使得北方地区不至于拦截落在南方地区的水汽？我们自然界的山丘、矿脉、树木、蔬菜如何？我们的四季、耕种如何？我们如何在线形的书写板上书写？我们的文字又是何等面貌？除了这些之外，关于平面国居民的物理存在我还能想出一百个有趣的细节，之所以在这里提及这一点，是为了向读者强调，前文省略这些细节并不是身为作者的我有所疏忽，而是为了节约读者的宝贵时间。

然而，在进入主旨之前，我还是得向诸位介绍一下。当然，我想诸位也应该非常想了解那身为平面国宪法的支柱，掌握我们一言一行与万千百姓命运，并受到全国人民尊敬与崇拜的对象——还需要说吗？我指的当然就是我们的圆形，或者说祭司了。

虽然我称呼他们为祭司，但我得就此解释一番，我们所定义的祭司远比诸位所了解的祭司更加伟大。我们的祭司掌管了商业、艺术、科学的一切；贸易、商业、军事、建筑、工程、教育、政治、法律、道德、神学统统归他们管。他们并非亲力亲为，事实上，所有事情都是为他们做的，一切值得做的事情都交由他人完成。

虽然通常被称为圆形的人普遍被认为确实是一个圆形，但事实上，受过良好教育的上层人士都知道，没有一个圆形是真正的圆形，他们只是有着无限多无线短边的多边形。多边形的边数增加到最后，即会趋近于圆形。当边数多到一定程度时，好比说三百到四百，即使最精巧的触觉辨认，也难以分辨出多边形的角度。准确地说，我们只能假设这很困难。之前我们曾提过，上层阶级是不屑于借由触觉辨认身份的。触摸圆形会被他们视为最大胆、最无礼的冒犯。

正是早年对触觉辨认的禁止，使得圆形阶级更容易保守他们其实是以非常多的边构成的多边形的秘密，不让别人知道自己的周长或者圆周的确切性质。一般而言，多边形的平均周长是三英寸，那么一个三百边形，每一边的边长就只有百分之一英寸，或仅仅比百分之一英寸多一点。如果是六百边形或七百边形，那么每一条边的边长就只比空间国的针头的直径粗一点。礼貌起见，我们总是假设当前的圆形首领的边数足有一万条。

与低层的规则图形不同，圆形阶级的提升不受自然法则的限制，即每一代人只能比前一代人多一条边。如果圆形阶级也受这种限制的话，那么圆形的边数就成了一道纯粹的血统或算术问题——等边三角形的第四百九十七代后裔必是五百边形。但现实并非如此。自然界中有两条相悖的法则影响了圆形阶级的繁衍方式：

一、当圆形的社会地位越来越高时，其后代的提升速度便会更快。

二、随着社会地位的提高，圆形的生育能力会等比下降。在一个拥有四百或五百条边的多边形家庭里，生育男孩是十分罕见的，生超过一个男孩更是前所未有。然而，如果一个有五百条边的多边形家庭能够生育男孩，那么男孩可以拥有五百条甚至六百条边。

医疗技术也介入了高等阶级的晋升。我们的医生发现，上层阶级的新生儿的边短小柔软，很容易被折成两段，因此他们骨架的可塑性很高。有时候，一位拥有两百或三百条边的多边形贵族会要求医生替婴儿动手术，好让他这一族一下子越过两三百代的繁衍，从而使得子孙后代的社会地位大大跃升。当然，手术的风险非常之大，许多前途光明的婴儿在手术中不幸夭折，只有大约十分之一的存活率。但对这些即将踏入圆形阶级的多边形父母来说，他们强烈地渴望有一位家族成员能够成为最顶尖的贵族。因此，几乎每一对圆形阶级的父母，都会在长子生下来不到一个月后，将他送去圆形阶级专属的整形诊所。往后的一年之内，整形手术的成败便见分晓。一年后，这些多边形的长子很可能成为整形诊所附设墓园的一分子。只有在极少数情况下，孩子能开心地回到他高贵的父母身边，此时的他不再是多边形，而是圆形——至少，人们会出于礼貌而将他视为圆形。只需要一个成功案例，就足以让大量多边形家庭前仆后继地将孩子送往整形诊所，哪怕最终迎来的可能是截然不同的下场。

十二　平面国祭司的教义

有关于圆形阶级的教义，可以归纳为短短一句话："专注于你的形状。"不管是政治、宗教还是道德层面，一切的教育都是为了提升个人和集体的形状，当然，这里的"形状"特指圆形，其他的目标都是次要的。

这一切全都要归功于圆形阶级，他们成功地压制了那种古老的异端邪说，它鼓励人们浪费精力去相信，人的行为取决于意志、努力、训练、鼓励、赞扬或者除了形状之外的其他一切。多亏了令人景仰的圆形首领潘托塞寇勒斯，这位我们之前曾提到的彩绘革命的镇压者，是他第一次说服人们相信，形状决定人的一切。举个例子，如果你生下来就是两条侧边不一样长的三角形，那么你长大后一定会步入歧途，除非你让两条侧边等长，那样的话，你就必须去等腰三角形医院。同样地，如果你生下来就是一个不规则的三角形、方形，甚至多边形，那你就得去规则图形医院，将你的不规则的毛病治好，否则你就得在政府监狱中度过余生，或者死在政府刽子手的尖角下。

从最轻微的错误到最凶残的罪行，潘托塞寇勒斯将所有错误或缺陷全部归咎于犯罪者的形状不够规则。这些不规则者若不是天生如此，那就可能是在人群中碰撞所致。疏于运动或运动过量，甚至温度的变化，都可能导致骨架中特别敏感的部分收缩或伸长。这位知名的哲学家最终归纳道："行为不论是好是坏，都不适合作为理性评估下褒贬的对象。好比说，当一个正方形忠实地捍卫客户的利益时，你为什么要赞美他品性正直？实际上你更应该称颂他精确的直角。同样地，为什么责备一个说谎、偷窃的等腰三角形，当你本该哀叹他那无法矫正的不等边时？你应该要为他那无法治愈的两条不等边感到惋惜啊！"这项教义在理论上是不容置疑的，但实际执行起来会带来一些问题。比方说，与等腰三角形打交道时，要是这些骗子偷东西被逮到了，他们会辩称之所以偷窃是因为自己的不等边，而身为法官要做的事情则相当简单：既然他们没有自制力，那干脆就判处他们死刑好了。然而，如果是不适用于死刑的家庭纠纷，这一套将一切归因于形状的理论就陷入了稍微尴尬的境地。我得承认，有时候，我的六边形孙子会扯出类似"突然的气温波动让我的周长难以承受"的理由，为自己的顽劣行为辩护，指出我不该责备他，而是应该让他多吃点儿甜食来增强体魄。关于这样的结论，我既不能从逻辑上进行反驳，又不能实际接受下来。

以我自己来说，我认为，正确的训斥或惩戒对我的小孙子的形状是有潜在的好处的。但我承认，我无法拿出任何证据来佐证此想法。不过，我并非唯一一个试着对这种尴尬处境提出解决之道的人。我发现，不少身份相当高的圆形在法庭上担任法官时，也会表扬或谴责那些规则或不规则图形。我还知道，当他们在家里管教自己的孩子时，也会慷慨激昂地谈论"正确"与"错误"，仿佛二者真的存在，仿佛人真的可以在二者之间进行选择。

通过持续推行"形状决定一切"的教义，圆形阶级逆转了空间国的伦理戒律。对空间国的诸位来说，人们教育子女要尊敬父母；但对我们平面国居民而言，除了尊敬最崇高的圆形外，一个人如果有了孙子，就得尊敬孙子，没有孙子的，就得尊敬儿子。"尊敬"并非指"放纵"，让他为所欲为，而是凡事以他的利益为优先考量。圆形阶级灌输给平面国的父母一种理念，那就是要把孩子的利益放在自己的利益之前。这不仅是为了孩子好，更是为了整个社会利益着想。

不过，要是让我这个卑微的正方形斗胆说两句，我觉得圆形阶级推行的这套系统有一个缺点，那就是他们对待女性的态度。对一个社会来说，最重要的就是避免让不规则图形繁衍后代。因此，任何一位希望后代的阶级能够晋升的男性，都不希望他的太太拥有不规则形状的祖先。

要知道男性是否不规则，只需要测量就好。但因为女性都是直线，在视觉上总是规则的，人们只好利用别的方法来判断一位女性是否具有所谓隐形的不规则性，也就是可能会遗传给子女的潜在不规则性。政府保留了女性的家谱并对其严格监管。任何一位女性，如果她不能出示经政府认证的家谱，那么她就不被允许结婚。

因此，我们可以想见，圆形阶级为自己的祖先感到骄傲，并因自己的小孩可能是未来的圆形首领而特别留意后代的素质。既然如此，他理当比其他人在择偶方面更加小心才是，绝对不允许他的配偶有一丝的污点。很遗憾，事实并非如此。随着一个人社会地位的提升，他反倒越来越不在意配偶规则与否。对一位想要生下等边三角形的等腰三角形来说，没有任何因素可以迫使他选择一位有着不规则形状祖先的妻子。但对于相信自己家族的社会地位必将稳定提升的正方形或五边形而言，他们在择偶时只会问对方五百代以内的家族史。六边形或十二边形在选择配偶上则更加随性。我曾听说，某一位圆形甚至故意迎娶一位曾祖父是不规则形状的女性，仅仅因为这位女性具备某些吸引人的特质，或她具有一副低沉性感的嗓音——以我们平面国的审美来说，我们比空间国的诸位更在意一个人的嗓音，认为低沉性感的嗓音是女性身上最美妙的部分。

这类轻率的婚姻，一如所料地要么导致不育，要么导致生下不规则或边数减少的后代。但就算事前意识到此等风险，依然无法阻止它们发生。对于高度发展的多边形家庭来说，孩子失去几条边不大容易被察觉，有时候一场成功的整形手术即可将失去的边找回来。至于不育，圆形阶级倾向于默认这是他们作为优势存在的生存之道。然而，如果任由这样的弊端发展下去的话，圆形阶级将会代代退化，且退化的速度会越来越快。用不了多久，他们就无法生出圆形首领，平面国的宪法也将因此垮台。

从我心中浮起的另一个问题，同样无法找到解决之道。这个问题也和男女关系有关。三百年前，彼时的圆形首领颁布了一项法令：既然平面国的女性既缺乏理智又情感过剩，那么她们就不该再被认为拥有理性，也不该继续接受任何智识上的教育。从那之后，女性不再被教导如何读书写字，甚至没学过基本的算术，连丈夫和儿子有几个角都不会数。她们的智力一代不如一代。这种将女性拒于教育之门外、要求女性无所作为的社会制度，目前依然普遍存在。我所担心的是，这项执行至今的政策——尽管是出于善意制定的——会不可避免地给我们的男性带来反向伤害。

基于这项政策，我们男性某种程度上必须掌握两种语言，或者几乎可以说，必须具备两种思维。当男性对女性说起"爱""责任""正确""错误""怜悯""希望"以及其他非理性的情感的概念时，我们知道这些概念并不存在，对它们的虚构只是为了控制女性过剩的情感。但在男性之间，或在我们阅读的书籍之中，这些词汇则拥有完全不同的意义，甚至有如另一种语言。"爱她们"意味着"预期会带来好处"，"责任"意味着"必须这么做"或"这么做才合适"，其他词汇也都有相应的变形。除此之外，我们对女性说话时会展现出最崇高的敬意，她们完全相信，我们尊敬她们的程度不亚于尊敬圆形首领。但在她们的背后，我们发自内心地轻视她们，认为她们是"几乎没有智慧的生物"，堪比襁褓中的婴孩。

我们还为女性专门设计了一套神学体系。女性的神学与其他人的神学完全不同。

现在，我卑微的忧虑是，无论语言上还是思想上，这样两面式的训练给平面国男性造成了沉重的负担，对于年幼的男孩来说尤其如此。他们长到三岁时，才刚脱离母爱无微不至的呵护，就被教导要放弃他们学会的语言——保姆或母亲在场的情况除外，其他时候他们得学习全新的词汇与科学知识。我已经觉察到，和三百年前的祖先相比，我们对数学的掌握远没有那么扎实。我还没提及那些双语造成的潜在危险。比方说，如果某位女性暗地里学会了阅读，并把男性书本里的内容告诉了其他女性同胞，那么会引起怎样的后果？或者，假设某个小男孩出于轻率或叛逆向母亲泄露了逻辑语言的秘密，那么又会导致什么样的后果？就算撇开这些潜在的威胁不谈，考虑到女性不接受教育会使男性智力受损这个简单的事实，我希望最高当局接受我卑微的建议，重新考虑有关平面国女性教育方面的法规。

第二部分　其他世界

啊，美丽新世界，有这样的人物在里面！①

① 出自莎士比亚的《暴风雨》第五幕，第一场。

十三　我如何看见了直线国

　　那是一九九九年的倒数第二天，也是长假的第一天。整晚，我沉迷于我最爱的娱乐——读几何学。我有个问题始终解不出来，但因为时间晚了，只好上床睡觉。当晚，我做了个怪梦。

　　我看见一大群短短的线（自然，我以为那是一群女人）散布在眼前。同样在这片区域内的，还有许多小小的光点。所有线和光点都在同一条直线上来回移动。依我看，移动的速度也一模一样。

　　这些点与线在移动时会发出像鸟儿一样的鸣叫声，听起来相当恼人。当她们停止不动时，一切便回归寂静。

　　我走近我以为是一群女人中体型最大的那位，并向她搭话，但她完全不理睬我。我又尝试对她说了两三次话，同样是白费力气。我被如此无礼的回应搞得失去耐性，便将嘴直接凑近她脸的正前方，挡住她的去路，大声地重复我的问题:"女士,你们聚在一起做什么?这种奇怪又恼人的鸣叫声又是什么?你们为什么要在同一条直线上单调地前后移动?"

"我不是女人。"那条线回答道,"我是这个世界的国王。而你,你是从哪里来的,又是从哪里闯进我们直线国的?"这出乎意料的回复,使我立刻请求他的宽恕,原谅我作为一个外地人,失礼冒犯了尊贵的国王。接着,我请求国王告诉我一些关于他的国家的知识。无奈的是,不管我怎么做,都无法得到任何让我感兴趣的信息。这位国王坚持认为,他所知道的一切我也知道,而我之所以三番两次地请教他,不过是在装傻、寻他开心罢了。然而,持续的发问还是让我得到了一些宝贵的信息。

这位可怜又无知的国王(他自称为王)生存在这条无限延伸的直线上,这是他的国度。在他心中,他的国度等于整个世界、整个宇宙。他一辈子都待在直线里,无法离开,也无法看见直线以外的风景。当我第一次对着他说话时,他虽然听见了声音,但完全无法凭过去的经验判断声音的来源,因此他决定不回答。"我没看到任何人。"国王这么说,"我只听到有声音从我的肠子里发出来。"在我将嘴伸进他的世界(直线)之前,他看不见我,也听不清楚我在说什么,只听见一阵噪音从他的"边"(side)传过来。

"边"是我的用语，对他来说是他的"内部"(inside)，处于肠子的位置。因此他完全摸不着头绪。对他来说，在他的国度、这条直线以外的一切都是空白，不，甚至连空白都算不上，因为空白意味着空间；确切地说，他以为直线以外的一切都不存在。

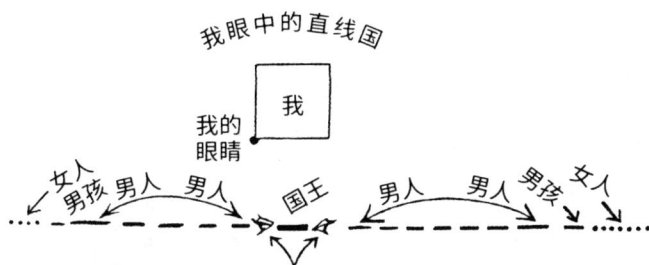

我将国王的眼睛画得比现实中大了许多，是为了向你们展示，国王陛下除了圆点之外什么也看不见。

他的子民都是由线和点组成的，前者是男性，后者是女性。他们和他一样，同样被限制在这条直线上，只看得见直线上的事物。这么说来，直线确实就是他们的全世界。不用说，他们的整个视野就是一个点，除了那个点之外，他们什么都看不见。男人、女人、小孩、物体，这些在直线国居民的眼中都只是一个点。他们靠声音来辨别他人的性别和年纪。因为每一个人都占据了直线上的一小段，因此，在直线国里，没人能够跨越另一个人，或从一端移动到另一端。对他们来说，一旦成了邻居，一辈子都得是邻居。他们的邻里关系就好比我们的婚姻关系：邻居永远是邻居，直到死亡将他们分开。

一想到全部视野与行动都被限制在同一条直线上，这种生活对我来说简直是难以形容的枯燥乏味。因此，我对于国王依然如此精力充沛、心情愉悦感到分外惊讶。在这么不适合建立家庭的环境下，我怀疑直线国的人能否享受夫妻间的鱼水之欢。但这么敏感的问题又不方便对国王开口，我想了想，最终唐突地问起他家人身体是否安好。"我的太太和孩子都很健康，也都过得很开心。"国王回答道。

听到这样的回答，我一时呆住了——在还没进入直线国前，我看国王的身边都是男性（正如我进入直线国之前梦中所留意到的那样）。于是，我鼓起勇气追问道："不好意思，但我无法想象陛下您是如何看见或接近您的王后的？您可以看到，在您周围有这么多人挡着，您又不能越过他们走到他们的另一端。难道在直线国里，人们可以远距离恋爱，并不一定得跟邻近的人结婚生子吗？"

"你这问的是什么蠢问题？"国王说，"要真如你所说，宇宙岂不是很快就没人了？不，不，心灵的结合无需肉体的接近。生儿育女这么重要的事又怎能依赖如此随机的邻里关系呢？你不可能不知道这些。但是，既然你这么喜欢装傻，我也只好把你当作直线国里的婴儿来教导。告诉你吧，我们的婚姻是通过声音和听觉来完成的。

"你一定注意到了，直线国的每位男性都有两张嘴或者两种声音，就像他们有两只眼睛一样。一种低音在身体的一端，另一种高音在身体的另一端。虽然我不该提这个，不过在我们的对话中，我无法听出你的高音。"

我回答道："我只有一种声音。而且我也没意识到您有两种声音。"

"果然我猜得没错，"国王回答说，"你不是男人，而是一个只有低音且耳朵也完全没有经过训练的女怪物。不过，我还是继续说下去吧。自然规定每个男人都应该娶两个妻子。"

"为什么是两个？"

"你装傻也装得太过了吧！"国王大吼，"要是没有女高音、女低音、男高音、男低音这样的四声合一，婚姻关系怎么会和谐呢？"

"但假如一个男人想娶一个或三个妻子呢？"

"这不可能。这就跟二加一等于五，或者人的眼睛能看到一条直线一样令人难以置信。"

我本想打断他的，但他已经继续说下去了："在一星期的中间，自然的法则迫使我们比平常更大幅度且规律性地前后移动，持续时间相当于你从一数到一百零一。当移动进行到中间，也就是当你数到五十一的时候，宇宙的所有居民都会停下来，接着每个人都将尽其所能唱出最丰富、最饱满、最甜美的歌声。我们所有的婚姻都是在这个决定性的时刻缔结的。男低音与女高音、男高音与女低音如此精妙地相互应和，尽管相隔两万里格①，但他们能听到命中注定的另一半的回应之声。爱穿透微不足道的距离之障碍，将三个人紧紧结合在一起。婚姻在瞬间实现，然后他们会为直线国生下两女一男。"

"什么，每次都生下三个孩子吗？"我说，"那么其中一个妻子每次都会生下双胞胎咯？"

"是的，你这个低音女怪物！"国王对我吼道，"如果不是每次生下两女一男，直线国两性比例的平衡该怎么维持？难道你连自然的基本法则都不懂吗？"他气呼呼地不再说话，过了好一会儿才在我的劝说下继续讲下去，"你当然不会以为每个单身汉都能在第一次求爱时就找到自己的另一半吧。相反，求爱的过程得反复持续好几次。只有少数的幸运儿能得到上天的眷顾，在第一次开口时便能找到共鸣的对象。大多数人的求爱过程非常漫长。求爱者的歌声可

① league，旧时长度单位，大致相当于现在的 5 公里。

能与其中一个未来的妻子的歌声相契合，但与另一个的不匹配。或者更糟糕，与两个的都不匹配。也可能两个妻子彼此高音与低音互相不协调。在这种情况下，自然规定的每周一次的合唱会让三位爱人的声音变得更加和谐。每一次试音，每一次发现新的不和谐音，都会不知不觉地促使不完美的一方把自己的声音打磨得几近完美。经过多次的尝试与调整，终于修成正果。总有一天，在直线国某次例行的全民婚姻大合唱中，三位远隔万里的爱人的声音会达到绝对的和谐。接着，在他们还没意识到这一点，仍旧全心投入歌唱时，婚姻就完成了；自然也将为又一桩婚姻的缔结和三个新生儿的降临而欢欣鼓舞。"

十四　我如何徒劳地向直线国国王
解释平面国的性质

　　我想，是时候让直线国国王从他的狂喜中清醒过来了，于是我决定向他展示一些真相，也就是让他知道平面国中事物的本质。我说道："尊贵的陛下，您如何辨认您子民的形状和位置呢？以我来说，我仰赖的是视觉辨认。在我还没进入贵国之前，我可以看见您的有些子民是线，有些是点，并且有些线较长……"

　　"你尽说些不可能的事情。"国王打断我，"你一定是产生幻觉了吧，自以为看见什么了。因为每个人都知道，想用视觉辨认直线跟点，根本是不可能的。我们只能通过听觉进行辨认，我的形状就可以凭借此法准确地判断出来。看看我——我是直线国最长的直线，能覆盖超过六英寸的空间——"

　　"是超过六英寸的长度。"我冒昧地表示说。

"蠢货，空间即长度！我受够了你一再打断我的话。"

我赶紧道歉，但国王依然非常不悦，他轻蔑地说："既然你听不进别人的话，你就好好用自己的耳朵去听听我的两种声音是如何传递信息，向六千英里七十码两英尺八英寸以外的两位王后展示我的形状的。她们一个在我的北方，一个在我的南方。仔细听着，我要呼唤她们了。"

他发出一种唧唧声，然后自满地继续说道："我的太太们马上会接收到我的一种声音，另一种声音将晚一点抵达，因为后者多跑了六点四五七英寸的距离，即我的两张嘴之间的距离，也是我身体的长度，六点四五七英寸。你当然知道，我的太太们不用每次听到我的声音时都这样计算一番。她们只需计算一次就足够了。早在我们结婚之前，她们就算过了。但她们可以在任何时候重新计算。而我也是用同样的方法，靠听觉来估算任何一个男性子民的形状。"

"但是，"我问，"如果一个男人只发出一种声音，那他不就可以假装女人了吗？或者，如果他把自己南侧的声音伪装成北侧声音的回声呢？难道这样的欺诈行为不会给你们造成不便吗？难道您就没有办法通过命令邻近的子民互相触摸，以防止这种欺诈行为吗？"当然，这是一个相当愚蠢的问题，因为直线国的人根本无法借由触觉来辨认对方。问这个问题的真正目的只是为了激怒国王。我成功了。

"什么!"国王大惊道,"你给我好好解释一下你这样说的原因!"

"触摸,就是肢体上的接触。"我回答说。

"如果你所说的触摸,是指两个人彼此靠近,直到他们之间没有一点空间的话,那么陌生人,你得知道,这在我们国家是严重得足够判处死刑的行为。理由很简单,国家必须保障女性的人身安全,像女性这么脆弱的身体,要是遭到触碰的话,很可能就会粉碎。但既然我们无法用视觉分辨出男女,法律便规定任何两个人都不得靠得太近,以免破坏靠近者与被靠近者的间距。"国王说道,"这就是你所说的触觉辨认在我们国家被严格禁止的原因。与其用这么暴力又不精准的方法,为什么不靠听觉这种既简单又精准的方法来辨认呢?至于你所谈到的欺诈风险,在我们这儿是不存在的,因为声音是存在的本质,是不能随意改变的。想想吧,假设我有穿透实体的能力,那我就可以一个接一个地穿透我的子民,穿透几亿人,通过触觉来核查每个人的尺寸和间距:这种既笨拙又不精准的方法得花去我多少时间与精力啊!现在,只要听一听,我就可以完成全国人口普查和统计,每一个生命体的位置、身体、心理和精神状况都在我的掌握之中。听一听,只要听一听就够了。"

说到这儿，他停了下来，如痴如醉地听着某种声音。对我来说，那声音不过就像无数只小蚱蜢发出的微弱叫声。

"确实，"我回答，"您的听觉发挥了很大的作用，弥补了您许多不足的地方。但请容许我指出，您在直线国的生活一定非常乏味，因为您除了一个点之外，什么都看不见！甚至无法看到一条线。唉，您甚至根本不知道一条线长什么样子！您拥有视力，但无法像我们平面国的人那样享受线性的视野。我觉得，只能看到那么一点点，倒不如什么都看不见比较幸福。我承认我没有您那样敏锐的听觉，直线国的音乐会给您带来如此强烈的愉悦，但它对我来说不过就是各种各样的唧喳声而已。可我至少可以通过视觉辨别线与点。让我证明给您看。在我还没进入您的国家之前，我看见您在跳舞，先是从左向右跳，接着从右向左跳。紧靠您左侧的是七位男性与一位女性，右侧是八位男性跟两位女性。我没说错吧？"

"你说得对，"国王回答，"就性别跟数量而言，不过我不大清楚你所说的'右'跟'左'是什么意思。但我不会因此承认你能看见这些东西。因为，你怎么可能看到'线'，也就是看到一个人的'内部'呢？你一定是听到了这些东西，然后做梦以为自己看到了它们。还有，我问你，你说的'左'跟'右'到底是什么意思，是指向北跟向南吗?"

"不是这样的,"我回答道,"除了你们的向北和向南移动之外,还有一种我们称之为从右向左的移动。"

"如果你愿意的话,请展示一下这种从右向左的移动吧。"

"不行,我做不到。除非您能从您的那条直线里走出来。"

"从我的直线里走出来?你是说从世界里走出来,从空间里走出来吗?"

"嗯,对啊。从您的世界、您的空间里走出来。因为您的空间不是真正的空间,真正的空间是一个平面,而您的空间只是一条直线。"

"好吧,如果你无法亲自展示如何从左向右移动,那么请你试着用语言来描述一下吧。"

"如果您分不清您的左边和右边,那么恐怕无论我怎么解释,都无法让您明白我的意思。但我相信您不会连这么简单的左右都分不清吧。"

"我完全不知道你在讲什么。"

"唉,我要怎么说才能说清楚呢?当您笔直地移动时,难道您不曾想过可以往其他方向移动吗?难道您不曾将您的视线转过来,看向您现在侧面对着的这个方向吗?换句话说，除了总是沿着您的两个端点的方向移动，您难道从来没有想过往侧面移动吗？"

"没有。你到底在说什么啊？一个人的内部怎么可能'朝向'任何方向呢？或者说，一个人怎么可能往自己的内部移动呢？"

"好吧，既然语言无法解释，那我就试着用行动来展现吧。我将按照我想向您指明的方向，逐渐走出直线国。"

我一边说，一边开始将我的身体移出直线国。但只要我还有部分身体留在直线国，留在国王的视线内，我就听见他不停地大叫："我看得见你，我还是看得见你啊。你根本没在动嘛。"

当我彻底移出那条直线时，国王用最尖锐的声音大喊道："她消失了，她死了!"

"我没有死。"我回答道，"我只是走出了直线国，也就是走出了那条被您称作'空间'的直线。现在我在真正的空间中了。而在真正的空间中，我可以看见事物本来的面貌。就在这一刻，我可以看见您的直线，看见您的边，或者说是您总喜欢叫的'内部'。我还可以看见站在您北方和南方的男男女女，他们的顺序、尺寸、间距我现在就可以描述给你。"

我花了很长时间，将一切巨细靡遗地描述给他听，然

即将消失前的我

直线国 →   国王

后洋洋得意地喊道："这总算能够说服您了吧。"说完，我再次走进直线国，回到之前跟国王对话的位置上。想不到，国王竟然回答："如果你是一位理性的男性——但因为你只有一种声音，所以我怀疑你根本就是女的，如果你有那么一丝理性的话，你就应该讲讲道理。你要我相信除了我感知到的直线之外还有另一条直线，相信在我平常移动的方向之外还有另一个方向。因此，我请你用语言去描述或用行动去展示你提到的方向，你提到的那条直线。但你一动不动，只是施展了一些魔法从我面前消失，然后又出现在我面前。你无法清楚地描述你的新世界，你只是告诉我我那四十多位侍从的数量和尺寸，可这些是直线国的首都里任何一个孩子都知道的事情。还有比你的所作所为更荒谬无礼的行为吗？我要求你承认自己的愚蠢，否则就立刻离开我的国家。"

我对国王强硬的态度感到生气。特别是这家伙搞了半天竟然连我的性别都没弄清楚,盛怒之下,我口不择言道:"愚蠢的家伙!你以为自己是完美的存在,但事实上没有人比你更不完美、更愚蠢了。你宣称自己能看见,但事实上你只能看见一个点!你能推断出直线的存在就沾沾自喜了,而我不仅能看见直线,而且能推测出角、三角形、正方形、五边形、六边形甚至圆形的存在。我干吗还跟你浪费口舌呢?就说我是比你更完整的存在就够了。你只是一条线,但我是许多条线组成的线,在我们的国家被称为正方形。尽管我在平面国只是个小人物,但我可比你优秀多了。我从平面国来拜访你,只是希望能让你认识到自己的无知。"

听完我的这些话,国王恶狠狠地大叫一声,冲到我面前,似乎打算沿对角线将我刺穿。与此同时,他的子民纷纷发出战斗的呐喊。那声音震耳欲聋,仿佛十万等腰三角形大军搭配上千名五边形炮兵攻打过来。我如中了魔法般动弹不得,也开不了口,无法躲避这近在眼前的毁灭。声音越来越大,国王离我越来越近,就在这时,早餐的铃声响起,将我唤回到了平面国的现实之中。

十五　关于空间国的陌生访客

我从梦境回到现实。

那是平面国年历里一九九九年的最后一天。一场大雨揭开了夜晚的序幕。我与我太太一起坐着*，一面反思过去一年来发生的点点滴滴，一面展望来年、新的世纪和新的千年。我的四个儿子和两个失去父母的孙子早已上床睡觉。太太则依然陪伴着我，我们一起送走旧千年，迎接新千年的到来。

我全神贯注地思考着方才最小的孙子不经意脱口而出的话。他是一位非常有前途的年轻六边形，有着超乎常人的聪慧以及完美的角度。他的叔叔和我会教他视觉辨认的技巧，我们绕着自己的中心点时快时慢地旋转，要求他辨认出我们的位置。他的回答总是令人满意极了，让我忍不住奖励他，教他一些运用于几何学方面的运算技巧。

我拿起九个边长各一英寸的正方形，将它们拼成一个边长三英寸的大正方形。这么做是为了向我的小孙子证明，虽然我们看不见正方形的内部，但只要将边长平方，就可以确定正方形的面积。

"所以呢，"我说，"我们知道边长三英寸的正方形面积是三的平方，也就是九。"

小六边形低头沉思了一会儿，然后对我说："但你也教过我怎么算立方。我想，三的三次方在几何学上也有某种意义吧。那个意义是什么呢？"

我回答他："没有任何意义，至少在几何学上没有。因为几何只是一门二维的学问。"

然后，我开始向他展示，当我们移动一个点三英寸，就得到了一条三英寸长的线，我们可以用数字三来表示这条线；当我们将这条三英寸长的线平行移动三英寸，我们就得到了一个边长三英寸的正方形，这时，我们可以用三的平方来表示这个正方形。

说到这里，我的孙子默想了一段时间，忽然，出乎意

---

* 当然，当我说"坐着"时，我并不是指像你们空间国意义上的改变高度。我们不像你们一样拥有双脚，我们既不能"坐"也不能"站"，只能像鱼类一样始终保持相同的姿势。在平面国，"躺着""坐着""站着"代表不同的心理状态，可以通过我们身体的高度反映出来。受时间所限，恕我不能详述这个问题（以及其他一千个类似的问题）。

料地向我表达他的疑惑："如果将一个点移动三英寸，可以得到一条三英寸的线，用数字三表示；如果将一条三英寸长的线平行移动三英寸，可以得到一个边长三英寸的正方形，用三的平方来表示；那么，要是将一个边长三英寸的正方形，以某种平行的方式（我也不知道怎么个平行法儿）进行移动，就一定可以得到另外一个每边长三英寸的图形（但我不知道是什么图形）——用三的立方来表示。"

"去睡觉！"我有点生气地打断了他的妄想，"如果你少说点废话，你就可以记得更多有意义的知识了。"

我的孙子灰溜溜地走了。我则回到太太旁边，试着回顾一九九九年的一切，想象二〇〇〇年即将发生的事情。但我的思绪依然未能摆脱刚刚小孙子那番胡言乱语的影响。在以半小时为单位的沙漏里，只剩下最后几粒沙子了，我将自己从沉思中唤醒，把沙漏转向北方——旧千年最后一次翻转沙漏。与此同时，我忍不住大喊："那小子是个笨蛋！"话音刚落，我察觉到房里多了个人，一股寒意瞬间袭遍全身。

"他才不是。"我太太反驳道，"你这样侮辱自己的孙子，是在触犯戒律。"

我根本没理会我太太。我环顾四周，没发现第三者的踪影，但我依然可以感受到他的存在。忽然，我再一次感受到那股寒意，吓得跳了起来。

我太太问道："怎么了，你在找什么？这里什么都没有，连风都没有啊。"

的确，这里什么都没有。我回到座位上，再一次大声说道："那小子是个笨蛋。三的立方在几何学上一点意义都没有。"

立马就有一个清晰的声音回答道："那孩子才不是笨蛋。三的立方显然有几何学上的意义。"

我和我太太在听到这句话的同时（当然，我太太并不理解它的意思），便立刻朝声音的方向跑去。让我们惊恐不已的是，一个陌生人出现在我们眼前！

那位陌生的访客乍看之下是一位女士。但仔细一瞧，我发现他的两端变暗的速度很快，不像是女性。他是一个圆形——我本来是这么想的，可他变换大小的方式，就我的经验来看，是任何一个圆形，或者平面国任何规则图形都无法做到的。

然而，我的太太不像我这样有经验，也不够冷静，所以她根本没有注意到这些细节。凭其惯常的轻率与不可理喻的嫉妒，她立马认定是有个女人从房屋的某个小孔溜进了我们家。她对我大吼道："这个人为什么在这儿？你答应过我，亲爱的，在我们的新房子里不会有通风口的。""我们家没有通风口啊。"我说，"你为什么会认为眼前的陌生人是个女人呢？我通过视觉辨认——"

"噢，我可没耐心听你扯什么视觉辨认。"她回答说，"'触摸为实''触觉辨认的线胜过视觉辨认的圆'。"很好，这是平面国女性最常挂在嘴边的两句格言。

"好吧，"为避免惹毛她，我只好说，"如果你非要说那是个女人，那就请她介绍下自己吧。"

我的太太走向陌生人，装出最亲切的一面，说道："请允许我，女士，触摸你以及被你触摸。"

只一会儿，她便惊慌失措地跑回到我身边："怎么办！他不是女性，而且他身上完全没有角。难不成我是对一个完美的圆形做出了如此无礼的冒犯？"

"从某种程度上来说，我确实是一个圆形。"那个声音回答道，"而且我是比平面国里所有的圆形都还要完美的圆形。更准确地说，我是很多圆形的组合。"接着，他转向我的太太，缓缓说道："这位女士，我有个口信要转达给您的先生，但必须在您不在场的情况下，如果您赏脸让我们单独待几分钟的话——"

但我太太根本没听进去这位威严的拜访者屈尊提出的请求，她不停地自顾自说着："我早该回房就寝了，我早就不该留在这里了。"在不停地为自己轻率的冒犯道歉之后，她才终于回到了自己的房间。

我望了一眼沙漏，最后一点沙子也流尽了，第三个千年开始了。

十六 陌生人如何徒劳地用语言
  向我解释空间国的奥秘

　　我太太那讨饶的声音刚一消失，我便走近陌生人，试图仔细看看他，顺便邀请他坐下。但一走近，我就被他的外表惊得完全说不出话来。他的身上没有一点角的痕迹，他的大小和亮度每时每刻都在逐渐变化，我这辈子从来没遇到过这样的变化。

　　"我该不会是遇上强盗或者杀人犯，某个形状不规则的等腰三角形怪物，模仿圆形的声音混进了我的家里，现在正打算一角刺死我吧？"这样的念头闪过脑海。因为我人在客厅，客厅没有雾（这个时节恰好相当干燥），加上又与眼前的人距离太近，因此我无法完全信任自己的视觉辨认。尽管害怕极了，但我还是不顾一切地冲上去，毫不客气地说道："您必须允许我，先生——"

　　我触碰了他。我太太是对的。他的周身没有任何角的痕迹，没有一点凹凸不平的地方。毋庸置疑，他是我有生以来遇到过的最完美的圆形。他一动不动地站在那里任我触摸。我绕着他走了一圈，从他的眼睛开始，最后又回到他的眼睛。他自始至终都是一个圆形，一个无可挑剔的圆形。之后，我们开始对话。我会尽量根据记忆将这些对话记录下来，略去那些犯下的触摸圆形的大错。

先开口的是那位陌生人，他被我那没完没了的触摸实在弄得不耐烦了："你摸够了吗？你是否应该先自我介绍一下？"

"尊贵的先生，我为我的行为深感抱歉，我并非因为不懂礼节才冒犯您，而是您突如其来的造访让我有些意外和紧张。我请求您不要让其他人知道我对您做出如此失礼的举动，特别是我的太太。不过，在我们进一步交流之前，能否请您满足我小小的好奇心，告诉我您是从哪里来的吗？"

"空间，我是从空间来的，先生，我还能从哪儿来呢？"

"原谅我，我的阁下，但您不是已经在空间里了吗？此时此刻，您与我不就在空间中吗？"

"哈！你知道什么是空间吗？定义空间给我听听。"

"空间，我的阁下，就是长度和宽度的无限延伸。"

"看吧，你根本不知道什么是空间。你认为它只有两个维度。我来这儿，就是为了告诉你存在三个维度——长度、宽度和高度。"

"阁下可真爱说笑。我们也会说'长度'和'高度'，或者'宽度'与'厚度'，就是说我们可以用四个名词来形容两个维度。"

"但我指的不是三个名词，我指的是确实有三个维度。"

"先生，可以劳烦您向我展示或者解释一下这个我所不知道的第三个维度，它是在哪个方向上的呢？"

"就是我来的那个方向，向上与向下的方向。"

"阁下，您指的似乎是向北和向南？"

"我不是那个意思，我指的是一个你看不见的方向，而你之所以看不见，是因为你的'侧面'（side）没有眼睛。"

"抱歉，阁下，但您只消仔细检查一下，就会发现在我的两边的交界处，有一个完美的发光体，那就是我的眼睛。"

"是的，但为了能看到空间，边上有眼睛不管用，你得有长在'侧面'的眼睛——估计你会管它叫'内部'，但我们空间国叫它'侧面'。"

"一个长在我内部的眼睛！一个长在我肚子里的眼睛！阁下真爱说笑。"

"我不是在跟你开玩笑。我是在告诉你，我从空间，算了，既然你对空间毫无概念，那就这么说吧，我是从三维世界来的。我最近才从三维世界中注意到这个你们称之为'空间'的平面。从我所处的有利位置望去，所有你们称之为实体的东西（我知道你们说的实体是指'四面闭合'），好比你们的房子、教堂、橱柜和保险箱，甚至你们身体的内部和肠胃，都是敞开的，对我而言全都一览无余。"

"谁都可以这样说，阁下。"

"你的意思是口说无凭，对吧？但是，我正准备证明给你看。当我来到这里时，我看见你的四个儿子分别在自己的房间里，他们都是五边形；还有你的两个孙子，他们都是六边形；我看见最小的那个六边形跟你在这儿待了一会儿，然后才回到自己的房间，留下你和你太太独处。我看见你的等腰三角形仆人，三个在厨房吃晚餐，还有一个小听差在洗碗间。然后我就到了这里，你认为我是怎么进来的呢？"

"我猜您是从屋顶进来的。"

"不是的，你很清楚你的屋顶最近才翻修过，那里连一道能让女性钻进来的缝隙都没有。我对你说过，我是从空间来的。我已经向你描述过你的孩子、你的家人了，难道你还不相信我说的话吗？"

"阁下想必清楚，住在我附近的人只要像您一样，知道怎样搜集信息,都可以轻松地弄清关于在下的这些事实。"

陌生人自言自语道:"我该怎么做啊?等等,我又想到了一种解释方法。当你看到一条线,好比你的太太,你觉得她有几个维度呢?"

"阁下,您这样问可就太瞧不起我了,只有不懂数学的粗人才会以为女性真的是只有一个维度的线。不,不,阁下,我们正方形是有些见识的,像您一样知道女性虽然常被称作直线,但从现实和科学的角度来说是非常窄的平行四边形,就像我们其他人一样有长度跟宽度(或厚度)。一条线可以被看见这一事实,就说明了它还有另一个维度。就像我刚才说的那样,女性同时拥有宽度跟长度。我们看到她的长度,因此推断出她拥有宽度,尽管很微小,但是可以被测量到的。"

"你没明白我的意思。我的意思是,当你看到一位女性,你除了看见她的长度,推断出她拥有宽度外,还应该看到另一个维度——也就是我们所说的'高度',尽管最后这个维度在你们平面国里属于无限小。但如果一条线只有长度而没有'高度',她便不会占据任何空间,也不可能被看见。我想你一定明白这一点吧。"

"我必须承认,我一点也搞不懂阁下在说什么。在平面国,当我们看到一条直线,我们看到她的长度和亮度。如果亮度消失，线也跟着消失，也就是您所说的不再占据空间。那我是否可以这样认为：阁下赋予亮度维度的概念，将我们称为'亮度'的东西称作'高度'？"

"不不不，我说的'高度'是一个真实的维度，如同你们所说的'长度'。只是对你们来说，高度很难察觉，因为这个维度太渺小了。"

"阁下，您所说的很容易得到验证。您说我有第三个维度，一个叫作'高度'的维度。而维度意味着'方向'和'可测量'。只要您能测量出我的高度，或者不需要那么麻烦，您仅需指出我的高度是沿哪个方向伸展的，我就是您的信徒。否则，请原谅我无法相信阁下的说辞。"

陌生人又自言自语道："这我也做不到啊。我该怎么让他相信呢？好吧，先简单陈述事实，再做些直观演示，这样应该就够了。"

他转向我说道："现在，先生，请听我说。你生活在一个平面上，你们把它叫作平面国，而我们把这个巨大的平面称作液面。你和你的同胞生活在这个平面的表面，或者说生活在这个平面中，既不能浮到平面之上，也不能沉到平面之下。我不是一个平面图形，我是一个立体图形。你称呼我为圆形，但事实上我不是圆形，我是无数个大小不同的圆形组合而成的圆形。从最小的一个点，到最大直径十三英寸的圆，一个叠在另一个之上。当我像现在这样切入你所在的平面时，我就在上面切出一个你非常准确地称之为圆的截面。我真正的名字是'球体'——在我自己的国家就是这么叫的，但一个球体要想出现在平面国居民面前，他展示出来的自己只能是一个圆形。

"你难道忘了——我看见你昨天晚上头脑中关于直线国的幻象，因为平面国的一切我都看得清清楚楚。我说，你难道忘了——在那里，因为直线国的维度不足以展现你的全部，身为正方形的你只能以线的模样呈现在国王面前？同样的道理，你的国家只有两个维度，不足以展现有三个维度的我的全貌，因此我只能以自己的一部分，即你称之为圆形的我的截面示人。

"你眼睛亮度的减弱透露出你并不相信我所说的话。但请你准备好接受我即将提出的证明。因为你无法将你的视线移到平面国的平面之外，你每次只能看到我的截面，或者一个圆。但当我从空间中升起时，你至少可以看到我的截面越来越小。现在，我要升起了，你会看见我的圆形越来越小，越来越小，直到成为一个点，然后消失。"我没法儿看到他"升起"的过程，但他确实越变越小，最后真的消失了。我眨眨眼，确定自己不是在做梦。这不是梦。从不知道哪里的深处，仿佛是我的心脏附近，传来一个空洞的声音："我完全消失了吗？你现在相信我了吗？好吧，那现在我要慢慢回到平面国，你应该会看到我越来越大。"

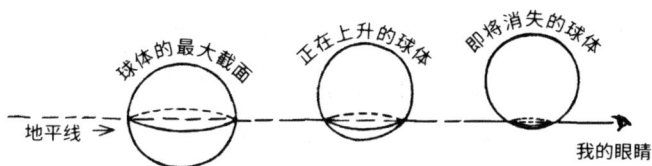

空间国的诸位必然可以轻易地理解，我这位神秘的访客所说的是再浅显不过的事实。但对我来说，尽管我精通平面国的数学，但还是很难理解他的话。恐怕连空间国的小孩都能看懂上面这几幅粗糙的示意图吧。当一个球体在三维空间上升时，他在我或任何一个平面国居民眼中，展现出来的必然是圆的样子。起先是一个大圆，然后变小，最后小到几乎成了一个点。可是，尽管我看到眼前的事实，但我根本搞不清楚它背后的原因。我只知道，这个圆形让自己越来越小，最后消失，然后现在又重新出现，并且让自己越来越大。

当他回到原来的大小时，他重重地叹了一口气，因为他从我的沉默中觉察到我压根儿没有理解他的意思。的确，我现在倾向于认定他不是圆形，而是一个非常聪明的骗子；或者那些流传在老妇人之间的传说是真的，这世界上确实存在魔法师和巫师之类的人。

一阵长长的沉默后，他喃喃自语道："如果我不采取别的行动，那我还有一个方法，就是用类比。"接着又是一阵更长的沉默，然后他继续我们之间的对话。

"告诉我，数学家先生。如果一个点往北移动，并留下一条发光的轨迹，你管这条轨迹叫什么？"

"一条直线。"

"一条直线有几个端点？"

"两个。"

"现在，假设这条南北向的直线沿东西方向平行移动，线上的每个点都会留下一条直线形的轨迹。我们假设移动的距离跟线的原始长度相等——我说，你怎么称呼由此形成的图形呢？"

"正方形。"

"正方形有几条边、几个角？"

"四条边和四个角。"

"现在，试着发挥一下你的想象力，想象平面国里的一个正方形平行向上移动。"

"什么？向北移吗？"

"不，不是向北，是向上，移到平面国以外。如果是向北移，那南边的点将会移动到之前被北边的点所占据的位置。我不是这个意思。我指的是，你身体里的每一个点——既然你就是一个正方形，那就以你为例来说明吧。按你的说法，就是你身体内部的每一个点，都将在空间中向上移动，如此一来，不会有任何一个点移动到先前别的点占据过的位置。每一个点留下的轨迹都是一条仅属于自己的线。我用这种类比的方式跟你说明，我想你应该已经搞清楚了吧。"

我努力压抑心中的不耐烦。我现在真的非常想冲到这位访客面前，将他扔到他的空间中，或扔出平面国，扔到其他任何地方，只要别让我再看到他就好。我回答道："如果我照您所说的，借由您定义的'向上'移动形成一个新的图形，那么这个图形是什么性质的呢？我想应该可以用平面国的语言来描述它吧。"

"噢，当然可以。这非常简单，完全可以用类比来说明。顺道一提，你不应该叫它图形（Figure），因为他是一个立体形（Solid）。就由我来给你描述一下他吧。或者说，不是由我，而是由类比。

"我们从一个点开始。既然是一个点，那么他当然只有一个顶点。一个点可以形成一条有两个顶点的线。一条线可以形成有四个顶点的正方形。现在你可以回答自己的问题了：一、二、四，这很明显是等比数列，那么下一个数字是?"

"八。"

"完全正确,一个正方形可以形成一个正方体——一个你没听过的名字,但我们就是这么叫的。一个正方体有八个顶点。现在你相信了吗?"

"既然这个家伙有角,或者你所说的'顶点',那他有边吗?"

"当然,这依旧可以通过类比来解释。但顺道一提,他有的不是你所说的边,而是我们所说的面,用你们的说法,我们的面就是你们的'实体'。"

"那么,这个借由将我的内部往上移动所形成的东西,也就是您所说的立方体,到底有多少个实体,或者说多少个面呢?"

"你既然宣称自己是数学家,怎么还会问出这种问题!要是让我来定义的话,任何事物的'边'——如果我可以这么说的话——总是比事物本身少一个维度。从这个意义上来看,点没有维度,所以点没有'边';一条线,我们可以说它有两条'边'(因为出于礼貌,一条线上的两个点也可以被称为它的边);一个正方形有四条'边'。○、二、四,这是什么数列?"

"等差数列。"

"那么接下来的数字是?"

"六。"

"完全正确！瞧，你这不就回答了自己的问题嘛。通过移动正方形产生的立方体是由六个'边'（也就是我们说的'侧面'）围成的，也就是说由六个你的内部围成的。现在你都明白了吧?"

"怪物!"我尖叫道，"不管你是骗子、巫师、噩梦，还是魔鬼，我都不会再忍受你的嘲弄了。我们两个，不是你死就是我亡。"我一边这么说，一边朝他猛扑过去。

十七　说破嘴也没用的球体决定采取行动

　　全部都是徒然。我顶着尖硬的直角，以一股足以摧毁一般圆形的毁灭性力量往他身上撞击。但我感到他缓缓滑开了，使我完全无法刺中他。他不是向左或向右移动，而是离开了这个世界，消失在虚无中。转瞬间，眼前的他已不知所踪，但我依然听得见他的声音。

　　"你为什么拒绝听我讲道理？我满怀希望地找上你——一个理性又颇有学识的数学家——想让你成为传播三维空间福音的使徒（我每过一千年才能找到一次传教的机会）。但我现在毫无头绪，不知道该如何说服你。等一等，我想到方法了！比起一直说，或许行动更有说服力。听着，我的朋友。

　　"我已经告诉过你，我从空间国俯瞰平面国时，一切你们视为封闭物体的内部我都看得一清二楚。比方说，你站的地方附近那个柜子里，我能看见几个所谓盒子的东西

（但就像平面国的其他东西一样，这些盒子既没有底也没有盖），里面塞满了钱。我还看见两本账簿。我现在要潜入那个柜子里，拿走其中一本。半小时前，我看到你锁上柜子，也知道钥匙在你身上。现在我在柜子里了，正取走账簿。我拿到了。现在我拿着它升到空间中了。"

我冲向柜子，猛地打开柜门。其中一本账簿不见了。随着一声嘲讽的笑声，陌生人出现在房间的另一个角落里，一本账簿也同时出现在地板上。我走过去捡起来，没错，就是从柜子里消失的那本。

我惊恐地呻吟了一声，怀疑自己是否已经失去理智。但这位陌生人继续说道："我想，你现在应该相信了，只有我所说的是真实的，眼前这一切才合理。你们称之为'实体'的事物其实仅有表面，你们称之为'空间'的，其实只是一块巨大的平面。我才是处在真正的空间里的。当我往下望去，我可以看见事物的内部，而你们仅能看见它们的外在。只要你有足够的决心，你也可以靠自己的力量离开平面，只消向上或向下移动一点，你就能看见我所看到的一切。

"我攀升得越高，离你们的平面越远，看的东西就越多，尽管每样东西都变小了。好比说，我现在正在上升。现在，我可以看见你的六边形邻居，他的家人分别待在自己的房间里。我可以看见戏院内部，十扇门都开着，观众正在离席。另一侧，有一位圆形正在读书。现在，我要回到你那儿去了。唔，我刚刚想到一个最强有力的证明。不如这样，我去摸一下你的胃，只是轻轻碰一下，你觉得如何？这么碰一下不会造成什么实质性伤害，虽然会有点疼，但与心智上受到的启蒙比起来，这点疼痛又算得了什么呢？"

我还没来得及抗议，就感到身体内部一阵剧痛，伴随痛楚而来的是一阵恶魔般的笑声，那声音仿佛从我身体深处传来。过了一会儿，剧烈的疼痛稍微止歇，只剩下一点儿钝痛。陌生人再次出现，他一边逐渐变大，一边说道："我没有弄伤你吧？如果你到现在依然不相信我，我真的不知道怎么才能说服你了。你怎么说？"

我已经下定决心。我决定不再忍受这个魔法师的存在——他随意闯进我家里，还跑到我的肚子里作怪。要是我能先把他钉在墙上，再等到人过来帮忙就好了。

我再一次用最硬的角撞向他，同时大喊着，试图唤来全家人帮忙。我相信，在我撞上他的那一刻，陌生人已经沉到我们平面国下面，并且确实升不起来了。不管是不是这样，总之他一动也不动。此刻，一如所料地，我听见救援的声音传来，我使出双倍的力量压制住他，同时继续大声呼救。

忽然,我感到从球体身上传来一阵颤抖。"不能这样,"我想我听见他在自言自语,"要是他听不进我讲道理,我就只能使出传播文明的最后一招了。"接着,他提高音量,急促地对我喊道:"听着,不能有第三个人看见你此刻看见的一切。趁你太太尚未进来之前,赶快让她离开。三维空间福音的传播不能就这样以失败告终,等了一千年才出现的宝贵机会不能就这样白白浪费掉。我听到她就要进来了。滚开!滚开!离我远一点!否则你就得跟我走,我要带你进入你所不知道的三维空间世界!"

"蠢货!疯子!不规则图形!"我大吼道,"我绝不会放你走,你将为你的冒名顶替付出代价。"

"哈!果然只能这样吗?"陌生人大喊,"那就迎接你的命运吧,你就要离开你的平面了。一、二、三,成了!"

十八　我如何抵达空间国及
　　我在那里所见的一切

　　无可言喻的恐惧攫住了我。我先是感到眼前一片黑暗，接着又感到头晕目眩，几欲作呕。我能看见，但仿佛不是在用眼睛看。我看见不是线的线，不是空间的空间；我是我自己，又不是我自己。当我总算找回自己的声音时，我痛苦地大声尖叫："要么是我疯了，要么这儿就是地狱。"

　　"都不是，"球体淡淡地回应我，"这是知识，这里是三维空间，睁开你的眼睛，仔细看看这一切吧。"

　　我睁开眼睛，啊，一个全新的世界！我曾经推测、猜想、梦想过的完美圆形，如今就呈现在我面前。看起来像是陌生人内部的东西完全暴露在我的视野之内。然而我看不到心、肺、动脉，看到的只是一种完美和谐的东西——我无法用语言来形容。但诸位，我的空间国的读者们，会称之为球体表面。我已完全拜倒在我的向导面前，大喊道：

"象征美好与智慧之完美的神圣典范，为何我能看见您的内部，却看不见您的心、肺、动脉与肝脏呢?"

"那些你以为你看到的，你看不到。"球体回答道，"不管是你，还是其他任何生物，都无法看见我的内部。跟平面国居民相比，我是不同层次的存在。如果我是一个圆形，那你就可以看见我的肠子。但就像我先前向你讲过的，我是由许多圆形构成的，在这个国家被称为球体。就像立方体表面看起来是正方形，球体的表面看起来是圆形。"

尽管对我导师这番谜一般的话困惑不已，但我已不再抗拒，而是默默地膜拜着他。他再度开口，声音比原来的更加温柔:"要是你无法一下子理解空间国的奥秘，不用因此沮丧，你慢慢就会明白的。让我们先去看看你的国家吧。我会展现给你看你在平面国时常推论、思考但从未亲眼看到过的角，让你真真切切地看到它。"

"这不可能!"我大喊道。但球体没有理会我，他继续往前行进，我跟在他后头，宛如身处梦境，直到他的声音再度将我唤醒:"瞧，那边，你可以看见你的五边形房子，还有住在里面的人。"

我往下瞧，我家里的每个人、每个物件，以往我只能透过推测获得的画面，此刻尽收眼底。与亲眼看到的比起来，我所推测与想象的图景是那么模糊粗劣啊。我的四个儿子在西北侧的房间里安睡；我的两个失去父母的孙子则是在南侧的房间；我的仆人、管家与我的女儿都待在各自的房间里。只有我深爱的妻子离开了自己的房间，在客厅里来回踱步，焦急地等着我回家。还有那个小听差，他在听到我的喊声之后也离开了他的房间，假装查看我是否昏倒在家中某处，实际则在翻我书房的柜子。所有这一切如今我可以亲眼看到，而不仅仅是在头脑里推测。当我离平面国越来越近时，我甚至能看清柜子里的东西，包括两盒金子和球体之前提到过的账簿。

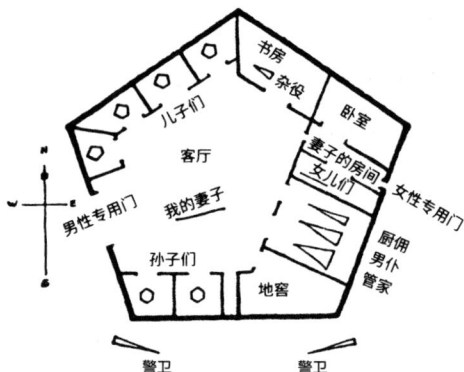

我被我太太的忧虑打动，本想冲下去安抚她，却发现自己无法动弹。

"别太担心你太太了。"我的向导说道，"她不会焦虑太久的。与此同时，让我们好好看看平面国吧。"

再一次，我感觉到自己在空间中缓缓上升。如同球体所说，我们离所见事物越远，视野就越开阔。我生长于斯的城市，那里每一座房屋的内部，每一个人的内部，都以微缩的样子展现在我眼前。当我们向上升得更高时，我们可以看见深处的矿脉，藏在山里的洞穴，整个大地的奥秘都变得一览无余了。

我这双卑微的眼睛竟有幸见识大地的奥秘，我由此心生敬畏，不禁对我的同伴说道："看到这些，让我觉得自己仿佛成为了神。我们平面国里的智者说过，唯有神，才能拥有看见一切的全知之眼。"听到我这么说，我的导师以轻蔑的语气回答道："真是这样吗？如此说来，我们空间国里的小偷跟杀人犯也会被你们国家的智者奉为神祇了。因为他们每一个人能看到的，可不比你此刻看到的要少。相信我，你们平面国的智者搞错了。"

"您的意思是，全知并非神明独有的能力？"

"我不知道，但如果我们空间国的小偷跟杀人犯都可以看见你们平面国的一切，我想你们不会因此把小偷跟杀人犯视为神吧。你所说的全知——这个词在空间国里可不常用——会让你变得更公正、更仁慈、更不自私、更有爱心吗？我看一点儿也不会。既然这样，那它又怎么能让你更神圣呢?"

"更仁慈、更有爱心!但这些是女性的特质!我们都知道圆形比直线更高贵,因为知识和智慧比单纯的情感更受人尊敬。"

"我无权给人的能力划分优劣。但在空间国里,许多最优秀、最聪明的人更看重情感,而不是知识;更看重被你们轻视的直线,而不是受你们追捧的圆形。算了,再说下去也没多大意思。还是瞧瞧那边吧,你知道那栋建筑物是什么吗?"

我远远地望过去。一座巨大的多边形建筑物映入眼帘。我认出那是平面国的议会大厦。大厦外围是一块正方形的街区,再往外,是许多五边形建筑物,从空中看下去,建筑物形成的直线密密麻麻,彼此交错。我意识到我们即将抵达平面国的大都会。就在这时,我的向导说道:"我们就从这儿下来。"

现在是清晨,我们纪元二〇〇〇年第一天的第一个小时。按照传统,全国最高贵的圆形领导人将举行一场庄严的秘密会议。他们在纪元一〇〇〇年第一天的第一个小时举办过一次,纪元元年第一天的第一个小时也曾举办过。

我一眼就认出了我哥,一个完美对称的正方形,他是高等议会的首席书记官。每次会议都有如下的记录:"平面国曾受到若干别有用心之人的扰乱，他们佯称获得另一个世界的启示，并声称可以展示这些神迹，借机煽动他人的情绪。鉴于此，高等议会一致决定，在每个千年的第一天向平面国各区行政长官下达特别指令，要求严格搜捕此等误入歧途之人。对付此等人无需正式的数学检查：等腰三角形一律处死；等边三角形处以鞭刑和终身监禁；正方形和五边形送至该区的精神病院；假如逮捕的对象是更高等的多边形，则将其送至首都交由议会处理。"

"听听你的命运吧。"就在议会第三次通过这一决议时，球体对我说，"等待传播三维空间福音使徒的，只有死刑或终身监禁。"

"我觉得并不尽然。"我回答道，"三维事实现在对我来说是如此通透，真正的空间的性质又如此明了，我想就连孩童也可以通过我的解释明白这一切。现在，请允许我下降到平面国去启蒙他们吧。"

"现在时机还未到，"我的向导说道，"以后会有机会的。眼下我要先执行我的任务。请你待在原地不要动。"

说着这些话的同时，球体灵巧地跳进了平面国的海洋（如果可以这么说的话），落在议员围成的圆圈的正中。"我来此地，"他说，"是为了宣告三维空间之存在。"

我看见，当球体显现在平面国的圆形截面越变越大时，许多年轻的议员纷纷向后退去，脸上满是惊恐。唯有圆形首领的脸上看不到一丝惊讶或警戒，随着他一声令下，六个低等的等腰三角形从六个不同的角度一拥而上，冲向球体。"抓到他了！"他们大吼，"不，没抓到……不对，我们还能抓住他！等一下，他要逃走了，他消失了！"

"诸位，"圆形首领对年轻议员们说道，"不必惊慌。据首领才能调阅的机密文件所载，前两次千年会议也发生过类似的事情。诸位当然明白，这等小事不宜向内阁之外的人宣扬。"

说完他提高音量，呼唤侍卫前来，指了指参与抓捕球体的警卫，用一句话决定了他们的命运："逮捕这些警卫，别让他们走漏一点风声。你们知道该怎么做。"

这些可怜的人，就因为无意间目睹了政府竭力隐瞒的秘密，便沦落到这样的下场。圆形首领处理完警卫之后，接着对议员们发话："诸位，会议到此结束，我谨祝诸位新年快乐。"

在离开会场之前，圆形首领对我那不幸的哥哥说了许多话。他对优秀的首席书记官致以最诚挚的歉意，为确保机密不遭泄漏，他只能依据先例判他终身监禁。但他至少可以庆幸，假如他闭口不谈今日之事，他的性命便可保全。

十九 尽管球体向我展示了空间国的奥秘，
我依旧渴望知道更多，以及后续

当看到我那可怜的哥哥将被送进监狱时，我试图跳进议事厅替他说情，或者至少好好地跟他道别。但我发现自己动弹不得。我的一举一动完全取决于球体的意志。我的向导用阴郁的口吻说道："别管你哥哥了。或许你将来会有足够的时间来安慰他。现在跟我来。"

我们再一次升入空间。"到目前为止，"球体说道，"我只向你展示了平面图形以及它们的内部。现在我要向你介绍立体，并且向你展现它们是如何由平面组成的。看看这些可以移动的正方形卡片。我现在要把一张放在另一张上面，不是像你想的那样放在另一张的北方，而是放在上方。再放上第二个、第三个。看，我将好几个正方形平行叠在一起，就能造出一个立方体。现在这个立方体已经造好了，它的高度和它的宽度与长度都是相同的，我们称它为立方体。"

"请原谅，阁下。"我回答说，"但在我看来它就像一个内部敞开的不规则图形。换句话说，我觉得我看到的不是立方体，而是我们在平面国可以推测出来的平面图形，一个看起来必将犯下严重罪行的不规则图形，光是看着它就让我感到浑身不自在。"

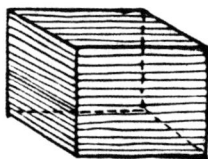 

(1)　(2)

"确实，"球体说道，"对你来说，这是一个平面图形，因为你还不习惯光影和透视。就好比，对于平面国里没学过视觉辨认的人来说，六边形看起来就像一条直线。但事实上，你眼前所见之物确实是一个立体，你可以用触觉来感知。"

他介绍我认识立方体之后，便让我用触觉去感知这个神奇的生物。的确，它不是平面而是立体。它拥有六个平面和八个被称为"立体角"的端点。我记得球体曾说过，这样一个立方体可以借由在空间中平行移动一个正方形来形成。所以，从某种程度上来说，我算得上是这个生物的祖先，一想到卑微如我居然能生出这么了不起的后代，我就感到无比的喜悦。

但我还是无法完全理解球体所说的"光影""透视"，于是毫不迟疑地向他提出了我的困惑。

若在此重复球体给我的简洁明了的解释，那么对早已熟知答案的空间国居民来说未免显得多此一举。就这么说吧，通过他一番清晰的描述，变换物体和光源的位置，让我触摸各种物体，甚至他本人神圣的躯体，他终于让我弄明白了这一切。现在，我能够区分圆形和球体、平面和立体了。

对我那奇特而多变故的一生来说，这简直就是天堂或者巅峰。接下来，我就要讲述我悲惨的坠落——实在是极为悲惨，也极为冤屈！为什么渴望知识的人会徒留失望，甚至被惩罚呢？我几乎不愿回想起自己所遭受到的羞辱以及那些痛苦的时刻。然而，我愿为普罗米修斯第二，忍受这些惩罚，甚至面对更糟糕的未来，只要我能以任何方式在平面国居民和空间国居民中间唤起一种反抗精神，去反抗将我们的维度限制在二维、三维，或者任何小于无限维数的自负。既然我选择这么做，我就不会顾虑自身的安危，而是一路坚持到底。我将不再离题，不再展望，而是沿着朴素公正的历史之路走下去，把那些铭刻在我脑海里的事实和话语原封不动地记录下来。至于我和我的命运，就交给诸位读者来评判了。

球体乐于继续对我灌输知识，告诉我所有规则立体的构造：圆柱、圆锥、三角锥、五面体、六面体、十二面体以及球体。我对这些知识一点也不觉得厌烦，相反，我渴求的是比球体传授给我的更深刻、更完备的知识。因此，我鼓足勇气打断了他。

"请原谅，"我说，"尽管我已不能再将您视为完美的造物，但您可否向您的仆人展示一下您的内部呢？"

"我的什么？"

"您的内部，您的肠胃。"

"你怎么会提出这么不合时宜的请求呢？你口中的我不再完美又是什么意思？"

"阁下，您的智慧启蒙了我，让我去追求比您更伟大、更美丽、更接近完美的事物。您是结合了众多圆形的球体，因此比平面国的所有图形都要高级。所以，我认为，一定还有在您之上、结合了众多球体的至尊存在，胜过空间国所有的立体。另外，即便是区区在下，只要身处空间国之中，就可以看见平面国所有事物的内部。那么，在我们之上，必然有一个更高、更纯粹的地方。我想，您一定打算带我到那边瞧瞧吧。不论身在何处、何种维度，我一律敬您为我的祭司、我的哲学导师和我的朋友。让我们从更广阔的空间、更多维的维度中，利用我们的位置优势，来俯瞰空间国的立体存在。他们的内部，就连您的肠胃以及您同类的肠胃，都将展露在我这个原本可怜却蒙受了诸多恩赐的流亡者眼前。"

"呸，废话少说！别再计较这些无聊小事了。在你有能力将三维空间的福音传授给你那群无知的同胞之前，我们还有很多事要做，但时间已经不多了。"

"不，我最尊贵的导师，请不要拒绝我您能够做到的事，我知道您可以的。请让我看一眼您的内部，这样我就知足了。之后我就永远是您听话的学生、您忠诚的仆人，甘愿接受您所有的教诲，谨遵您说的每一句话。"

"好吧，为了让你满意、让你闭嘴，我就这么跟你说吧：我愿意展现给你看你想要看的，但我办不到。难道你要我把我的肠子翻出来给你看，好满足你吗？"

"但您只是带我到三维空间，就让我看到了所有平面国居民的肠子。因此，您只需带着您的仆人展开另一场通往思维宝地的旅程，我就可以从那儿俯瞰空间国了，俯瞰空间国的每一座房屋的内部，空间国大地的奥秘，空间国矿坑里的宝藏，空间国每个立体生命（包括高贵可敬的球体）

的肠子。还有比这更容易的事情吗？"

"但这个四维空间在哪儿啊？"

"我不知道，但我的老师您必定知道。"

"我也不知道。根本不存在这样的地方。这真是个不可思议的想法。"

"对我而言并非不可思议，阁下。而如果对我来说不是不可思议的，那对您来说就更不是了。不，我没有失去信心。我相信就算在这儿，在三维空间，您高超的技艺也可以带我领略到第四个维度。就像在二维空间您启蒙了我，为您目盲的仆人打开了双眼，让他看见他原本看不见的第三个维度，虽然那并非真正意义上的看见。

"请容许我回溯那段尚未被您启蒙的过去。当时，我看到一条线，由此推测出一个平面。但事实上，我还看到第三个维度，只是我辨认不出来那是第三个维度，它不是亮度，而是我们现在说的'高度'，对吧？由此可知，在这个区域，当我看到一个平面并由此推测出一个立体时，我其实也看到了自己认不出来的第四个维度，它不是颜色，而是一种有形的存在，只是小到我们无法测量。这样的推论正确吗？除此之外，我们还可以通过类比的方法来论证更高维度的存在。"

"类比！胡说八道，什么类比？"

"阁下，您一定是在试探在下从您身上学到了多少吧。阁下可别小瞧我，我是真的渴望学到更多知识。毫无疑问，我们现在看不到更高维度的空间，是因为我们的肚子里没有长眼睛。我们知道平面国是真实存在的，但那位可怜渺小、既不能左转也不能右转的直线国国王却怎么也看不到它。我们也知道，三维空间离我很近、包围着我，但我这个眼不能视亦无法感知的可怜虫，既没有能力去触摸它，也没有内部的眼睛去进行辨别。以此类推，第四维度必然是存在的，你可以透过内在的思想之眼看见它。这些都是您教给我的，难道您全忘了吗？

"在一维空间里，一个移动的点不是可以产生一条有两个端点的直线？

"在二维空间里，一条移动的线不是可以产生一个有四个顶点的正方形？

"在三维空间里，一个移动的正方形不是可以产生一个有八个顶点的立方体，就是我方才亲眼见到的那个神圣的存在？

"那么在四维空间里，一个立方体的移动——啊，如果事实不是这样的，那就当这是个类比，是为了真理的进步吧——一个神圣立方体的移动，难道不会产生一个更神圣且拥有十六个顶点的结构吗？看看这组完美的数列：二、

四、八、十六，这不就是等比数列吗？这不就是——请容许我引用您说过的话——'严格按照类比推出'的结论吗？

"还有，不正是您教过我，一条线有两个点，一个正方形有四条围住的边，因此一个立方体必然有六个围住的正方形吗？再看看这个确凿的数列：二、四、六，这难道不是一个等差数列吗？难道我们不能由此确定，一个神圣的立方体在四维空间里移动，便可以产生一个更神圣且有八个围住的立方体的后代吗？这可不就是您教我相信的'严格按照类比推出'吗？

"噢，我的阁下，我不知道事实如何，但这是我用信念做出的推测。我请求您肯定或者否定我的逻辑推理。如果我错了，那我就此放弃，再也不求您带我去四维空间；但是，要是我对了，您也应该认这个理儿吧。

"是故，我斗胆请教您一件事，空间国的人此前是否目睹过更高维度的生命的降临呢？他们是否也像您来到我家一样，不需要打开门窗便能进入紧闭的房间，能随心所欲地出现和消失？我愿意押上一切，赌这答案是肯定的。如果我错了，我便从此闭嘴。我只请您给我一个答案。"

球体停顿片刻后说道："据说确有这样的事。但对其是否属实，人们众说纷纭。即使承认属实，人们对它的解释也各不相同。然而，尽管有大量不同的解释，但从来没有人提出或采用四维空间的理论。所以，请你不要继续在这些琐事上浪费时间了，让我们回到正事上来吧。"

"我就知道，我就知道我的推测一定能被证实！现在，我的好老师，请您再多施舍我一些耐心，再回答我一个问题。那些没有人知道他们从何处来，也没有人知道他们消失到哪儿去的人，他们呈现在空间国中的那部分是否也逐渐变小，接着消失在更广阔的空间——就是我现在请求您带我去的空间？"

球体不悦地回答道："他们确实消失了——如果他们出现过的话。但大部分人表示，那些幻象似乎是从自己的思想中产生的——你不会明白我的意思的，是从他们的头脑中产生的，是从那些'先知'的受扰动的角中产生的。"

"他们真这样说吗？噢，别信他们。如果真像他们说的那样，那么这个四维空间就是思想国了，那就请带我去那个福地，我将在思想中看到所有立体存在的内部。在那里，我会着迷地看着一个立方体朝一个全新的方向移动，他身上每个点所经过的位置，都不会与其他点所经过的位置重叠。这么一来，他将创造出一个比他自己更完美的极致完美的存在，拥有十六个超立体角和八个围住的立方体。而且，一旦到了四维空间，我们可以再往上升吗？置身于四维福地的我们，难道就应该在五维世界的门槛外徘徊而不进去看看吗？啊，不！让我们的雄心壮志随着我们身体的飞升而直冲天际吧。然后，在我们的智力的攻势下，六维空间的大门将为我们敞开，接下来是七维、八维——"

我不知道我该再说多久才能说服球体，但我终究失败了。他朝我大吼大叫，不断呵斥着要我闭上嘴，并列举最严苛的惩罚来威胁我。但此刻没有什么能够阻挡我对知识的渴望。或许是我咎由自取，但我已然彻底陶醉在他灌输给我的真理之中了。

然而，结局就这么来临了。我的内部和外部同时受到一次撞击，推动我在空间中高速穿行，刚才的话被打断，高速的移动让我无法再开口。下降！下降！下降！我急速地下坠，我知道我注定得回到平面国了。我只瞥了一眼，最后一眼，这片灰暗的平面荒原——它马上又将变回我的整个宇宙——在我眼前铺展开来。然后是一片黑暗。接着是一声终结一切的巨响。等我回过神来，我又成了一个只能在平面上爬行的普通正方形，待在自家的书房里，听着太太的声音一点点靠近。

二十 球体如何在梦里鼓励我

回到现实之后，尽管只花了不到一分钟的时间去思考方才发生的一切，但直觉告诉我，我不能将这一切告诉我的太太。我的分析是，我并非担心她可能会泄露秘密，进而让我陷入危险，我只是单纯地认为，平面国的女性是不可能理解这段奇妙旅程的。于是，我尝试编了一些故事，我说自己不小心掉进了地窖里，在那儿昏迷了好一阵子。

在某种程度上，哪怕平面国的女性也很难被我编的故事说服，因为我们这个地区的南向引力实在太微弱了。好在我的太太远比一般女性明智，她看得出我有些异常与过度兴奋，于是便没再追问下去，只是坚持认为我病了，需要好好休息。我倒是乐意以此为借口溜回房里，静静地反思昨夜的经历。我尝试再现三维空间，特别是那个通过移动正方形来构造立体的过程，可惜不管我怎么努力都没办法成功。我记得关键在于"向上，而非向北"，因此我决定把这句话牢牢地烙印在脑海里，作为重新打开三维世界大门的密码。我不断重复这句话，像念咒语一般：

"向上，而非向北。"

"向上，而非向北……"

终于，一股巨大的睡意袭来，我忍不住阖上双眼，深深地进入了梦乡。

我做了一个梦。我感觉自己又回到了球体身边。他周身散发的光泽表明，他已经心平气和，不再生我的气了。我的导师向我指了指远方一个非常小的亮点，示意我们一起过去瞧瞧。靠近时，我听见一阵嗡嗡声，仿佛空间国苍蝇发出的声音。那声音极度微弱——哪怕是在极度安静的真空中，等我们听到时，我们发现自己已经距离那个点不足二十个对角线的长度。"看看那里，"球体说，"你生活在平面国里，在梦境中看过直线国，也曾与我一起升入空间国。现在，为了让你的体验更加完整，我引导你一路向下，来到最低维度的存在——点国，零维之渊。"

"你旁边那个可怜的生物——点——就像我们一样，是活生生的人，只是他被限制在零维度的深渊中。他自己就是他的世界，他的宇宙；他对除自己以外的其他任何事物都没有概念；他不知道长度，也不知道宽度，更不知道高度，因为他没有经历过这些；甚至连二是什么都不知道，也没有复数的概念，因为他自己其实什么也不是，他就是他自己的一和全部。但你看他多么心满意足。所以，从他身上吸取教训吧：自满就是丑恶和无知，有所追求胜过盲目无能地快乐。现在，你听。"

球体停止说话。我聆听那细小的生物持续发出的声响。那声响单调、微弱而清晰，有如空间国留声机发出的声音，从中我听到这样两句：

"无上至福的存在！它就是无上至福的存在。除此之外，再无其他！"

"什么？"我说，"这个小东西说的'它'是指？"

"'它'指的就是他自己。"球体说，"你以前都没注意到吗？婴儿和那些幼稚之人无法将自己和外部世界区分开，所以他们会用第三人称来指代自己。安静点，先别说话，继续听！"

"它填满了整个空间，"那个小东西继续自言自语道，"它填满的就是它本身。它想的就是它说的。它说的就是它听到的。它自己就是思想者、叙述者和倾听者，就是思想、语言和声音。它是唯一，但又是全部的全部。啊，快乐，啊，存在的快乐！"

"难道您不能将这个小东西从它的自满中唤醒吗？"我对球体说，"告诉他他其实是什么，就像您从前告诉我那样。展示给他看点国的狭隘与局限，将他带到更高维度的世界。""那可不是一件简单的事。"我的导师说，"不然你自个儿试试吧。"

于是，我扯开喉咙，对点吼道："闭嘴，闭上你的嘴。你这个可悲的小东西。你说你是全部的全部，但其实你什么也不是。你所说的空间只是一条线上的一个小点，而那条线也不过是一个影子，要是比起——"

"好了，好了，闭上嘴吧，你说得够多了。"球体打断我，继续说道，"现在来听听看，对这位点国的国王来说，你的长篇大论会收到怎样的效果吧。"

点国国王听完我的话之后，竟然变得更加光芒耀眼，表现出他前所未有的自满。在我还没来得及住嘴之前，他就又滔滔不绝起来："啊，欢愉，啊，思想的欢愉！还有什么是思考无法做到的呢！它自己的思想被它自己听见，暗示它的轻蔑，从而增强它的快乐！掀起甜蜜的反叛，最终赢得胜利！啊，万物归一的神圣创造力！啊，欢愉，存在的欢愉！"

"看吧，"我的导师说道，"这就是你长篇大论取得的效果。对点国国王来说，就算他能听懂你的话，他也会把那些话当成是他自己的话，因为他无法想象除他以外的任何存在。他会因其思想的多样性而自鸣得意，认为那是他创造力的一种表现。我们就让这位点国的上帝沉溺在自己无所不知、无所不能的自满中吧。你我无法将他从他巨大的自满中拯救出来。"

之后，我们缓缓地飞回平面国，我听见球体用温柔的语调，对我解释这场梦境的意义，鼓励我去求知，还鼓励我去教别人求知。他承认他先前对我发了些脾气，因为我野心勃勃地想飞往三维以上的空间。但一番思考之后，他同意了我的想法，也没有不好意思在学生面前承认自己的错误。接着，他让我见识了更高维度的秘密，又向我展示了如何借由移动立体创造出超立体，借由移动超立体创造出超超立体，这一切全都"严格按照类比推出"。如此简单易懂的方法，我想，就算是平面国的女性，也应该能够理解吧。

二十一 我如何试图教给我的孙子 三维理论，以及后续

隔天一早，我满怀喜悦地醒来，开始思考摆在我眼前的光辉事业。我深信，我会将三维的福音传遍整个平面国，就算是女性和士兵，也应该接受我的启蒙。我打算先从我的太太开始。

正当我决定采取行动时，我听到街上传来命令民众保持肃静的声音。接着是另一个更响亮的声音。原来是一个传令官在宣读公告。我仔细一听，发现他宣读的正是高等议会的决议："若有人佯称获得另一个世界的启示，并声称可以展示这些神迹，借机煽动他人的情绪，我们将立刻予以逮捕、监禁甚至处决。"

我沉思了一番。这种风险不容小觑。我决定不提及任何有关启示的事，而是采用直接演示的方式，毕竟演示起来清楚明了。如此一来，不提启示倒也没什么损失。"向

上，而非向北。"这是整个证明的关键密码。在我睡着之前它对我来说是如此清晰，当我第一次醒来时，它也依然像算术一样显而易见。但现在不知何故，它却变得不那么显然。尽管这时我的太太刚好走进房间，但在跟她寒暄了几句之后，我决定还是不要从她先开始了。

我的五边形儿子们都相当杰出，五个人都是声誉良好的医师，但数学并不太好。从这方面看来，他们也不是适合的人选。忽然，我想起我那个年幼乖巧的六边形孙子，具有数学天分的他，绝对是最适合的信徒人选。更何况，他还曾不经意地提及三的立方的几何意义，并得到了球体的认同。何不把我这个早熟的小孙子当作我的第一个实验对象呢？再说，跟一个小男孩讨论三维世界的观念应该很安全，他并不知道议会的决议。反观我那几个儿子——既富有爱国心，又对圆形心怀超越了盲目喜欢的尊崇，如果我认真地向他们主张关于三维空间的理论，我不确定他们会不会把我移交给地方行政长官。

然而，我首先得做的，是满足我太太的好奇心。她对于圆形突然造访我们家的目的充满好奇，也很想知道他是如何进入家里的。在此，对于我是如何向太太解释的，我就不多作交代了，因为我用的借口恐怕跟诸君所知道的真相有不少出入。总之，我顺利地让她相信我的理由，并乖乖地回去做家务，没有打探出任何关于三维世界的事情。完成这件事之后，我立刻喊来我的孙子；因为，说实话，我感觉我在三维世界里看到、听到的东西，正以一种奇怪的方式从我的脑海中溜走，就像一场抓不牢的诱人幻梦，我企盼着赶快试一试，好收服我的第一个信徒。

当我的孙子走进房间时，我小心翼翼地关紧门。接着，我在他旁边坐下，拿出我们的数学板（诸位应该会称之为线），告诉他我们将继续昨天的课程。我又一次演示给他看，如何在一维空间中移动一个点形成一条线，如何在二维空间中移动一条线形成一个正方形。之后，我挤出笑容对孙子说道："现在，你这个小淘气曾经想要我相信，用类似的方法将一个正方形'向上，而非向北'移动，就可以创造出另一个形状，某种三维空间的'超正方形'。小淘气，把你之前说的再说一遍。"

这时，我们又听见传令官在外面喊道："哦，是的！哦，是的！"他仍在宣读高等议会的决议。我那孙子虽然年幼，却有着远超年龄的聪慧，且从小在绝对尊重圆形阶级权威的环境中长大，但他竟能如此敏锐地把握情势却是完全在我的意料之外。他先是默不作声，接着等传令官一说完，他便突然哭了起来："亲爱的爷爷，我昨天只是说着玩的，我当然不真那么想，而且当时我们完全不知道方才颁布的新法令啊！我想我没有说过任何关于三维的话，我更可以确定我没说过什么'向上，而非向北'这种胡话，因为您知道的，一个东西怎么可能向上，而不是向北移动呢？'向上，而非向北！'就算我是个小婴儿，也不可能说出这么荒谬的话！那多蠢啊！哈！哈！哈！"

"那一点都不蠢。"我生气地说道，"举例来说，我拿起这个正方形，"我一边说，一边抓起手头一个可以移动的正方形，"然后我移动它，你瞧瞧，不是向北，而是——没错，向上——也就是向北，我把它移到某处——不完全像这样，而是以某种方式——"

我的话失去了意义，我只是漫无目的地晃动着那个正方形。这样的举动把我的小孙子给逗乐了，他破涕为笑，笑得比以前都大声。他认定我不是在教他，而是在陪他玩耍、逗他开心。他一边笑着，一边离开了房间。我第一次企图向学生传授三维福音的尝试就这么以失败告终了。

二十二　我如何通过其他方法传播
　　　　三维理论，以及结果

　　在孙子身上的失败尝试，让我再也提不起劲告诉其他家人关于三维世界的秘密。不过，我并没有因此丧失信心。只是我发现，我不能全靠"向上，而非向北"这个口诀，而是应该寻求别的方法，清楚地将三维的全貌呈现在众人面前。为了实现这个目的，我决定开始写作。

　　接下来，我花了好几个月撰写关于三维奥秘的论文。为了尽可能地规避法律，我宣称我所描绘的不是物理意义上的维度，而是一个思想国。在思想国里，一个图形理论上可以俯瞰平面国，并能同时看见一切事物的内部。在那里，或许可以有一个由六个正方形围成、一共有八个顶点的形状存在。但在写这本书的过程中，我发现自己面临一个可悲的障碍：我无法绘制示意图。因为在我们平面国里，只有线，没有平面；只有线，没有示意图；除了尺寸、亮度各异的线之外，什么也没有。因此，当我终于完成这本名为《从平面国到思想国》的论文时，我不确定到底有多少人能理解我的意思。

与此同时，我的生活笼罩在层层阴霾之下。所有的乐趣都丧失了趣味。我在二维空间看到的每样东西，我都忍不住将它与呈现在三维世界里的真实模样做比较，并且忍不住将这种比较大声说出来。仿佛一切都在引诱我说出会让我背上叛国罪名的言辞。我怠慢我的客户，忽视我的工作，沉溺于我曾经见过但无法透漏给任何人的秘密之中。更糟糕的是，我发现，随着日子一天天过去，我越来越没法子在脑海中再现我曾经看到过的三维画面了。

在我从空间国回来的十一个月后的某一天，我闭上眼睛，试着想象立方体的模样。起先，我失败了，尽管最终获得了成功，但我也不确定那是否真的就是我原本看见的立方体的模样。这让我感到更加哀伤。即使毫无头绪，我仍然觉得是时候采取行动了。只要能让人们相信三维世界的存在，哪怕牺牲我的性命也在所不惜。但我甚至连自己的孙子都无法说服，又怎么可能说服平面国最高贵、最智慧的圆形呢？

有时候，因为情绪太过强烈，我会忍不住吐露一些危险的言辞。现如今，虽然还没被当成叛国贼，但我想我也必定被视为某种异端。我深知自己的处境危险，然而有些时候我真的没有办法控制自己，甚至在最高贵的多边形以及圆形面前说出惹人怀疑或带有一定煽动性的话语。好比有一次，人们聊起应当如何处置那些宣称自己可以看到事物内部的疯子时，我便引用了一位圆形先人说过的话，他宣称先知和获得启示之人总是被大众视为疯子。有时候，我更忍不住脱口而出"能看到内部的眼睛""可以看见一切的国度"之类的话。有那么一两次，我甚至让"三维和四维空间"这种禁语从自己口中溜出来。在一系列的小错之后，我最终闯下了大祸。

在一场我们当地思想协会举办的会议中（会议在地方行政长官家中举行），某个无比愚蠢的家伙宣读了一篇论文，详细解释了为何上帝要将维度限制在二维，以及为何只有上帝才拥有全视的能力。这导致我全然忘我，原原本本地讲出了我遨游空间国的奇妙旅程：球体如何带领我到空间国，我们如何下降到大都会的议会中心，然后又回到空间国，最后如何回到家中。我把我所见到的、听到的甚至梦到的一切都讲了出来。一开始，我还假装我是在描述一位虚构人物的幻想经历。但我对三维世界的狂热，让我最终忍不住卸下了伪装，坦陈了一切。最后，我满怀热情地总结陈词，规劝所有听众摒弃偏见，和我一起成为三维理论的信徒。

不用说也知道，我被立即逮捕，并送交高等议会。

隔天清晨，我站在几个月前才和球体一同造访过的地方。我被允许完整地讲述自己的故事，其间没有人提出质疑，也没有人贸然打断我。但早在我开口之前，我就预见了自己的命运。我看见首领命令拥有较佳角度的警卫（大约是五十五度左右）退下，换上来角度仅有二或三度的警卫。我太清楚这一举动的意义了。为了不让我的言论泄露，凡是听过我陈述的警卫也都死罪难逃。首领想用便宜点的受害者来替换贵一点的。这意味着我将被处死或者终身监禁。

在听我替自己辩护完之后，可能是意识到有些年轻的圆形被我诚挚的信念所打动，主席问了我两个问题：

一、我提到的"向上，而非向北"究竟是什么方向？

二、我是否可以用示意图或语言描述（不单是列举假想的边和角）来说明我乐于称之为"立方体"的形状？

我告诉他，我已经没什么好说的了，我必须把自己献给真理，而真理的事业终将胜利。

首领回答我说，他认同我的这句话，也知道我没办法做得更好了。我必须被判终身监禁。但是，如果真理有意让我走出监狱，向整个平面国传授三维福音，那么相信真理会帮我实现这一结果的。与此同时，除了防止我逃跑的措施之外，我不会受到任何苛待，甚至还可以定期探望我那位比我更早入狱的哥哥。

七年的时光就这么过去了，如今，我依然是一名囚犯。除了定期探望我哥哥之外，我不能和除狱卒以外的任何人接触。我哥哥是最棒的正方形之一，他正直、乐观，对我也有着深厚的手足情谊。但我得承认，与他每周一次的会面，至少从某一个角度而言，让我尝到了最深刻的痛楚。当球体降落在议会大厅时，我哥哥人就在那儿。他亲眼看见球体如何变换自己展现出来的圆形大小，亲耳听见球体如何向圆形们解释眼前的这一切。此外，那之后的整整七年，他几乎每周都会听我重复解释我在那次事件中扮演的角色，以及我用类比的方法向他证明立体的存在。然而——尽管无比羞耻，但我不得不承认——我哥哥迄今依然无法理解三维空间的性质，他坦言自己完全不相信球体的存在。

我再也没有信心能说服任何人了。千禧年那天呈现在我眼前的一切事物，如今看起来没有一点意义。空间国里的普罗米修斯能为人类带来火种，可是我——这个可怜的平面国的普罗米修斯——躺在监狱里，没能为我的同胞带来任何东西。我只好将一切的希望寄托于这本回忆录。我希望，这本回忆录或许能以某种我不知道的方式被某一维度的人读到，或许能激起某个族群的反抗，让他们拒绝被局限于有限的维度。

唉，以上是我乐观时的想法，很多时候我并不是这样想的。我得坦承，我已经不确定自己是否还能想起那曾经见过并时时挂在心上的立方体的确切模样了。到了夜里，我梦到"向上，而非向北"这句话像吞噬灵魂的斯芬克司那样缠着我不放。为了真理的事业，我甘愿如殉道者般承受那些间歇性的精神衰弱的时刻。那时，我会看见立方体和球体从我眼前飞快掠过，融入不可能之存在构成的背景之中；那时，三维空间似乎变得跟一维空间和零维空间一样不真实。不，就连眼前这堵将我与自由隔绝的高墙，手中这块我正在上面写字的书写板，平面国里所有实实在在的现实，仿佛都成了我发病时的幻想，或是一场虚无缥缈的梦罢了。

Edwin A. Abbott

Flatland：A Romance of Many Dimensions

本书译文由木马文化事业股份有限公司授权

Simplified Chinese edition copyright@2024

by Shanghai Translation Publishing House

All rights reserved

图书在版编目(CIP)数据

平面国：多维空间传奇/(英)埃德温·A.艾勃特
(Edwin A. Abbott)著；赖以威译. --上海：上海译
文出版社，2024.9. -- ISBN 978 - 7 - 5327 - 9593 - 2

Ⅰ. I561.45

中国国家版本馆 CIP 数据核字第 2024L29T44 号

平面国：多维空间传奇 Flatland：A Romance of Many Dimensions	Edwin A. Abbott ［英］埃德温·A.艾勃特 著 赖以威 译	出版统筹 赵武平 责任编辑 王 源 装帧设计 COMPUS·汐和

上海译文出版社有限公司出版、发行

网址：www. yiwen. com. cn

201101 上海市闵行区号景路 159 弄 B 座

上海盛通时代印刷有限公司印刷

开本 787×1092　1/32　印张 5　插页 5　字数 59,000

2024 年 9 月第 1 版　2024 年 9 月第 1 次印刷

ISBN 978 - 7 - 5327 - 9593 - 2/I·6013

定价：49.00 元